CRUZANDO LA FRONTERA

Al Mundo de Los Muertos

MIGUEL SOTO

PRÓLOGO

La vida es así

A veces la vida es dulce, tierna, amorosa, un paraíso, un oasis de paz donde todo lo que tocamos y vemos florece en una primavera interminable. La Existencia está llena de Amor, dulce amor, que llega suave a nuestros espíritus desde más allá del mundo material – y vivimos enamorados de la tierra, de la gente, de la vida; en un estado etéreo. El mundo físico y material desaparece bajo de nuestros pies. Volamos en alas del Amor, con un sentimiento puro, sincero, por el bien propio y de todos. Flotamos, cantamos, bailamos, vivimos una realidad diferente cuidando y compartiendo. A nuestro alrededor, los pájaros cantan en esa primavera. Las decisiones y acciones que tomamos existen en un maravilloso balance, y llamamos todo eso "Felicidad."

En otras ocasiones, la vida es insoportable; es cruel, como cuando un ser querido fallece. Nuestras almas atrapadas en el misterio de la muerte saltan al vacío de su ausencia. Reflexionamos acerca de la continuidad de la vida que se va del mundo, a otra dimensión más allá de la muerte.

Esa creencia, o idea, mitiga la tristeza y dolor, pensando que esos seres que amamos no se van ni desaparecen, viven una vida eterna en un mundo de espíritus. Desde ahí nos protegen y ayudan, siempre.

Es una forma de negar que perdemos a seres queridos que se marchan para siempre. Sin embargo, preguntamos *¿por qué tienen que irse?* Sentimos dolor y tristeza. Sentimos angustias tan intensas por sus ausencias que queremos viajar con esos seres que nos dejan. No hay camino; y nuestra agonía se extiende. Pero... ¿Será que no existe ningún medio o aún no encontramos el paso? Sea lo que sea, no podemos salir de aquí. Tal vez es voluntad del Creador que seamos prisioneros en una vida incierta. Nuestra vida humana está creada para un entorno especifico, un solo lugar, para un corto tiempo. Estas son las inquebrantables condiciones en la vida humana; no podemos escapar; no podemos cambiar ni alterarlas.

Hay otra dimensión - El Amor. El Amor abre nuestras mentes a sentimientos y emociones, propias y ajenas, más allá de la comprensión mundana, entonces, entendemos penas, dolores y tristezas, las nuestras y de los demás. Las almas se mezclan, la vida es sublime. Entra en un estado de felicidad - entendimiento sin explicación -. En la dimensión del Amor no vemos motivos solo pensamientos en nuestras acciones y las de los demás. Nuestras almas siguen la fuerza que une a nuestros espíritus -.

Nuestras almas oscilan en dos dimensiones, *una física* y otra espiritual. Progresan traslapadas sutil y suavemente, y no sentimos sus cambios o transiciones, los puntos de inflexión entre ellas; no los distinguimos, creemos que son parte de un continuo discurrir… Pero no lo son. En la dimensión material todo es rígido; todo lo que sucede tiene causas y esas causas son condiciones, situaciones, y circunstancias que delinean el paso que la Existencia da a la Vida. El nacimiento y la muerte son ejemplos de esas condiciones. ¿Cuál es su propósito?

En la dimensión espiritual existen todos los *sentimientos, el amor y la felicidad – la Consciencia, el Pensamiento y el Ego –*. Es el alma, parte del Gran Espíritu, que se encarna en el cuerpo humano; es lo que se marcha cuando el cuerpo muere. Las entidades de las criaturas vivientes están divididas – es su dicotomía –. Un espíritu – su verdadero yo que se marcha – y la materia, un cuerpo que regresa a la tierra.

La verdadera causa de nuestra agonía, aquel dolor, tristeza, cuando muere un ser amado es la pérdida de la interacción de nuestras almas con el alma del ser que se marcha. No es la falta de su presencia. Nuestros espíritus son moléculas del Espíritu de la Existencia. En verdad somos eternos, aunque en diferente forma. Ésta es la Unicidad.

Las almas, la tuya, la mía y las de los demás, están unidas; somos moléculas del Espíritu, Energía de la Existencia. Esa energía transformada en materia y las almas ocupando cuerpos materiales, pertenecen al Espíritu de la Existencia- DIOS.

Preámbulo

Esta historia trata de un niño que desea ir al cielo tras enfrentar fuertes emociones. Cerca de sus cinco años, sus abuelos mueren en un accidente. Ellos eran sus compañeros de juegos. El niño no entiende qué es la muerte, y sueña con ir a verlos. Dos años más tarde la hermanita de su mejor amigo desaparece en el Parque Disney World en Orlando, Florida. Durante el catecismo para su primera comunión, el cura párroco trata de convencerlo para que se olvide de sus abuelos fallecidos. Mas tarde, a la edad de diecisiete, raptan a su mejor amiga e intentan violarla. Él impide el ataque y salva a su amiga. Un año después, su madre muere en la sala de partos del hospital, dejando en orfandad a dos gemelos, niña y niño. Sergio queda solo con su padre y sus hermanitos. En su soledad piensa en una forma de ir "al otro lado" a ver a sus abuelos y a su madre. En su adolescencia, ya casi un adulto, terminando su secundaria, comienza a buscar información y estudia los fenómenos o experiencias en momento de la muerte.

Una noche después de estudiar, sus mejores amigos, Juan Carlos y Yesenia, se marchan y tienen un accidente automovilístico; Sergio va al hospital, pero, no lo dejan verlos. Ese día René, celoso y dolido, aparece con su pandilla y golpean a Sergio. En verdad, por su amistad con Yesenia, su mejor amiga. Sergio regresa al hospital. René y su pandilla lo siguen y tratan de matarlo frente al hospital. Ya en la sala cuidados intensivos, Sergio conoce a Angélica, donde Yesenia se encuentra en coma y Juan Carlos duerme bajo la influencia de sedantes.

La muerte de su madre, la muerte accidental de su mejor amiga, el sufrimiento de su mejor amigo, todo eso, construye o configura su marco mental, psicológico. Un párroco que vivió en El Salvador y conoce a la madre de René, habla al público sobre la hechicería y herejía. René toma en serio esas ideas y sabiendo que Sergio estudia como ir al otro lado, lo persigue por hechicería y herejía.

Por la situación de su amiga en coma, su temor a perderla, Sergio cree estar enamorado de esa chica, reforzando su razón para escapar al otro lado. En el hospital, Sergio descubre que Juan Carlos le pide en una carta a Yesenia casarse con él. Sergio sale del hospital. Días después, Juan Carlos también. Ya en sus años de universidad, Sergio descubre una manera de salir de la vida material y visitar a sus seres queridos, sin importarle amenazas de excomunión de la Iglesia, ni las amenazas de muerte que vienen de René. En un viaje al otro lado confirma el amor falso de Yesenia. Y cuando vuelve a la tierra acepta el amor de Angélica. René intenta matar a Sergio una vez más; La policía lo captura en el acto, lo procesan y condenan. René escapa de la prisión, rapta al hijo de Angélica. Luego se arrepiente de sus actos, pide perdón a Sergio, y le pide a este lo deje usar su sistema para escapar al otro lado. El viaje de René comprueba que Sergio hizo realidad el escape al otro lado

Sergio concluye sus estudios y en el año 2034, presenta su teoría al mundo entero: La verdad de la vida del otro lado. Es así, como Sergio encuentra estabilidad, física, mental, y psicológica.

Los detectives encuentran a Jenifer la hermana de Juan Carlos perdida por veinte y cuatro años, y la llevan a casa de Sergio a encontrarse con su familia. Sergio sale de la casa de huéspedes con Angélica y Pati, y les dice "Vamos, dejemos que Juan Carlos y su familia conversen y vivan sus emociones de esos veinticuatro años que estuvieron separados. Volveremos en unas horas. Caminemos, vayamos al otro lado de la colina." La tarde llega, el ocaso comienza y ellos se pierden en el horizonte.

LAS SORPRESAS DE LA VIDA

**Santo Diego, California,
USA. 7:00 a.m.**

Es un día normal, las televisoras locales transmiten sus acostumbrados noticieros de cada mañana, tiempo, tráfico y acontecimientos del día anterior. De pronto, la cadena mundial de televisión WISE corta la trasmisión al mundo. Los televidentes conectados a esa red en lugares públicos y reciben una noticia trascendental.

WISE identifica su entrada con el sonido de las tres notas armónicas de la escala musical C4: Para entrar C4, E4, G4; y para salir G4, E4, C4.

WISE (TELEVISORA)
(Dang Ding Dong).
(NOTICIAS DE ULTIMA HORA)

Buenos días, interrumpimos el programa normal matutino para anunciar un evento que se realizará mañana a las 10 a.m. WISE presenta al mundo entero la apertura de una nueva frontera. El Doctor Sergio Do Espiritusantos induce su muerte, cruza al otro lado y regresa después de encontrar, ver y hablar, con sus seres queridos en el mundo de los muertos.

Anticipando este histórico evento, WISE Inc. presentará esta noche un documental de lo que Sergio hizo para realizar su escape al mundo de los muertos. Ahora regresamos a nuestro programa regular. Gracias por su amable atención.

(Dong Ding Dang).

Luego de tan importante noticia, las conversaciones acerca de morir y revivir se convierten en el tema del día. La gente no se cansa de especular los beneficios y consecuencias de dicho acto.

Cinco horas después, los noticieros del mediodía reportan una ola, argumentos, controversias, y graves sucesos desatada en todas partes. Una anciana sufre un infarto en el centro de Los Ángeles tan solo de pensar en la posibilidad de ir a encontrarse con su viejito. Se generan violentos enfrentamientos en las calles de Nueva York, Chicago, Miami y otras ciudades del mundo entre los que creen y no creen en una vida después de la muerte.

Nuevamente la corporación wise anuncia el viaje al otro lado, que se verificará al siguiente día.

WISE (TV Station)
(Dang, Ding, Dong).
(Con ánimo emocional.)

Buenas tardes, interrumpimos nuestro programa para repetir la noticia de última hora. Mañana a las 10:00 a.m., el Dr. Sergio Do Espiritusantos escapará al otro lado -va a la dimensión de los muertos- y regresa. WISE transmitirá este evento en vivo y en directo desde Santo Diego, California… Esta noche, a partir de las 7:00 p.m., presentamos una película documental de la historia que nos trajo a este día.

(Dong. Ding. Dang).

**NOTICIA DE ULTIMA HORA
SANTO DIEGO CENTRO, CERCA
DE LAS 3:00 P.M.**

WISE (Estación de TV)

Se escuchan sonidos de campanas en las tres notas armónicas de la escala musical C4 de un piano: C4, E4, y G4 anunciando la entrada del noticiero. Y las mismas tres notas en reverso, G4, E4, C4, para identificar la salida del noticiero.

(Dang, Ding, Dong).

WISE reporta una noticia local. Un gran número de gente marcha en protesta y demostración contra brujos, herejes y hechiceros. Los mensajes en las pancartas dicen que el evento de mañana está en contra de la fe y creencias. Trasladamos nuestras cámaras hasta la residencia del Doctor Sergio Do Espiritusantos para una entrevista especial sobre este tema.

(Dong. Ding. Dang).

Dentro de casa de huéspedes. 3:30 p.m.

WISE (ENTREVISTADOR)

Buenas tardes Doctor Do Espiritusantos, su intención de cruzar al otro lado de la vida ha creado una controversia religiosa y social en el mundo, no solo en San Diego, California. ¿Qué puede decirnos sobre esto?

SERGIO

La vida después de la muerte nació junto con el conocimiento del hombre desde su principio. Nuestro proyecto es científico y trata de confirmar lo que hasta hoy sólo es una creencia.

WISE (ENTREVISTADOR)

¿Cuál será el sentido de esas marchas de protesta?

SERGIO

En realidad, no sé. Se trata de creencias. Son solo eso, pero puede haber intereses que las agiten para un fin determinado. La acción social es fuerza y tiene intención, dirección y objetivo; podemos ver su origen.

WISE (ENTREVISTADOR)

¿Considera usted que la acción religiosa puede detener su proyecto?

SERGIO

Esa posibilidad siempre existe. Pero la probabilidad es pequeña. El interés de saber qué hay al otro de la vida terrenal sobrepasa cualquier creencia.

WISE (ENTREVISTADOR)
¿Si usted abre esta nueva frontera cuáles son algunos de los beneficios para los humanos?

SERGIO
El límite es la imaginación. La libre empresa tiene la última palabra. Yo sólo anhelo visitar y departir con mis seres queridos que pasaron hacia ese otro lado.

WISE (ENTREVISTADOR)
Esto es todo Doctor Do Espiritusantos. Muchas gracias por concedernos esta entrevista.
(Dong. Ding. Dang).

El entrevistador y el equipo de grabación de WISE abandonan la sala. Sergio y sus compañeros aguardan en silencio.

Los televisores en las paredes continúan recibiendo las noticias y comentarios del mundo.

SERGIO
Mañana será un gran día para nosotros. Mi mente está atrapada repasando los detalles. Creo que podríamos ver un par de películas para relajarnos.

ANGÉLICA
Programaré la cocina para que prepare desayuno para las 7:00 p.m., mañana. Pati, Juan Carlos, sus habitaciones están listas.

Faltan provisiones para el desayuno. El sistema interactivo de la cocina ordena algunos productos. Minutos más tarde, un "dron" llega a la puerta a entregar el pedido.

ANGÉLICA
Todo listo, veamos las películas.

En el televisor se ven campos agrícolas; están totalmente protegidos contra las plagas. Un sistema detecta la composición del suelo y provee los nutrientes orgánicos faltantes al agua restaurando la condición natural del suelo fértil. Los sensores instalados en las plantas pilotos en los cultivos señalan su necesidad de agua a nivel de las raíces activando el sistema de riego. Todos los cultivos son orgánicos y seguros. La agricultura y la horticultura funcionan de la manera que la naturaleza pretende.

JUAN CARLOS
Oigan ¿por qué no vemos el documental de esta noche? Pienso que nos refrescará la memoria para el evento de mañana.

ANGÉLICA
Excelente idea, estoy de acuerdo, cuenten conmigo. Y parece que Pati y Juan Carlos también. Entonces, mientras llega el documental. Cenaremos pasta italiana, Vittelo Tonnato, con vino Stella Rosa y postre de tiramisú.

El "*Vitello Tonnato*" es de carne tradicional, receta típica italiana, ternera a tunada que se sirve con una salsa a base de atún, huevo y crema de leche, alcaparras y anchoas. Mientras esperan la cena, todos miran una antigua película romántica, GIGI. La gente dice: *"el tiempo pasa volando,"* realmente cuando el pensamiento atrapa la mente no se percibe el tiempo.

WISE
(Dang. Ding. Dong).
¡NOTICIAS DE ÚLTIMA HORA!
La Empresa WISE ha decidido a último minuto transmitir el reportaje documental del evento del paso al otro lado que se llevara a cabo mañana a las diez de la mañana. Consideramos de gran trascendencia que el público conozca, de primera voz, las razones fundamentales que impulsan al Dr. Sergio Do Espiritusantos a escapar hacia el otro lado de la vida material.

WISE presentará el estreno mundial del documental "Escape al Otro Lado". De tal forma quedan canceladas las proyecciones programadas en los teatros del mundo. La presentación general de WISE tendrá, lugar esta noche a las 6:30 p.m.
(Dong, Ding, Dang).

SERGIO
Angélica, cenemos temprano antes del documental. Esa película que rememora veinticinco años o más de nuestras vidas sería bueno verla todos juntos.

No es una pregunta, pero todos responden *"Si, veamos el documental."* Pati y Angélica fueron a la cocina a coordinar la cena, mientras Juan Carlos ordena del bar sus tragos favoritos. Todo es automático por INTERACT – el sistema interactivo de información práctica, académica, técnica y científica pública –. Casi al terminar de cenar y justo a las seis de la tarde la Red de información WISE ingresa en los receptores de televisión del mundo.

La Hora es 5:59 p.m.

WISE
(Dang, Ding, Dong).

WISE les brinda un reportaje biográfico de los principales participantes en el evento de cruce hacia el otro lado.

AL MUNDO DE LOS MUERTOS

Nada es posible o es imposible si la Existencia no lo especifica. La muerte es parte de la vida. Y el cruce de lo visible y tangible a lo invisible e intangible es una realidad en el Universo. Mañana, a las diez de la mañana, varios personajes realizarán el cruce hacia el mundo de los muertos. Esta noche presentaremos sus breves biografías para registro histórico.

Los Personajes

SERGIO JESUS DO ESPIRITUSANTOS DUBOIS
Él es un joven de 30 años, apuesto, inteligente, maduro; su sentido de justicia y su tranquilidad lo guían a pensar en ayudar a los demás con cualquier medio que tenga a

su disposición. Él tiene un carácter sobrio y sereno que analiza todo antes de emitir una idea, pensamiento o juicio. Hijo único de Thiago Do Espiritusantos, y de Carol Cosset Dubois. Su padre es un empresario de éxito mundial y su madre fue una erudita profesora de dramaturgia en una universidad local, además de ser actriz y cantante. Sergio ha recibido una óptima educación en su casa con profesores privados, además de la escuela, el colegio y la universidad.

A raíz de la muerte accidental de sus abuelos, Sergio toma una tendencia a leer cuentos y literatura sobre la vida después de la muerte, dedicándole a eso gran parte de su tiempo. Pero su sueño es escapar hacia el otro lado, la dimensión de los muertos, para ver y jugar con sus abuelos. Durante su infancia y pubertad, hasta sus dieciocho años, Sergio estudia ese tema que lo obsesiona. Cuando su Madre muere, Sergio casi enloquece; su dolor es mucho más de lo que él puede soportar y eso refuerza su vieja obsesión de viajar al otro lado de la vida física. Más tarde, Yesenia y Juan Carlos sufren un terrible accidente. Su amigo recupera, pero ella muere en el hospital, después de un tiempo. Sergio siente culpa, piensa que lo que les pasa a sus amigos es consecuencia directa de lo que hace en la misión de su vida. La voz de su abuelo llega a su mente aconsejándole que no es su culpa sino parte de la misión que ellos tienen en concurrencia con la de él.

Sergio nunca pierde la sensatez y claridad de su pensamiento. Pero ese estado psicológico y mental reafirma su decisión de realizar el paso al otro lado. Para este tiempo Sergio ya es un adulto en el primer año de universidad. Ahora, es libre de estudiar un proceso, investigar y replicar experiencias humanas cercanas a la muerte. Sergio quiere comprobar la existencia del "otro lado", y si hay maneras de ir y volver. Sergio dedica su tiempo diseñando un sistema para viajar al mundo de los muertos. Pero, el avance tecnológico todavia no ofrece lo que él necesita para construir dicho sistema. Por otro parte, los religiosos lo persiguen y tratan de intimidarlo para que desista de su empeño. Una frase del Doctor Do Espiritusantos es:

> *"Tener dinero y riqueza no es ventaja; pero tomar la decisión de cumplir la misión que nos asignan es la fuerza que tenemos para resolver las dificultades. Estamos obligados a cumplir esa misión con las armas que encontremos en el camino ignorando las consecuencias."*

Sergio piensa, acepta su misión. Y dice:

> *"Aquellos que toman la decisión de cumplir su misión sin recursos tienen más agallas y valor que los que arrancan su misión con suficientes recursos".*

JUAN CARLOS PEÑA SANTOCHEZ

Al comienzo de esta historia Juan Carlos también tiene cinco años. Es hijo de una pareja española que vive al pie de las colinas en la comunidad donde vive Sergio. Sus padres,

Horacio Peña y su madre Cecilia Sánchez, dejando atrás la pobreza emigraron de España en el mismo año en que Thiago, padre de Sergio, llega a Los Ángeles de California. y encontraron éxito aquí. Juan Carlos, nacido en San Diego de California, es tímido, introvertido, inteligente; desde su infancia, muestra las habilidades de un genio en las matemáticas y programación informática. Él ayuda con su conocimiento a Sergio en la creación de un sistema para pasar al mundo de los muertos. Cuando nace su hermana, su madre dice que no puede tener más bebés; así, que sus sueños de tener un hermano desvanecen. Desde entonces encuentra en Sergio a ese hermano que no tiene. Cuando Juan Carlos tiene siete años, raptan a Jennifer, su hermana, en Disney World, en Orlando, Florida. El sufre mucho y piensa que fue su culpa por no cuidarla. Desde ese trágico día, su relación con Sergio es entrañable. Los dos niños sellan su hermandad. El siente que Sergio lo protege y por eso lo considera el hermano que no tiene. Horacio, el padre de Juan Carlos y Thiago, padre de Sergio, tienen negocios juntos. Esa es la relación de las familias. Juan Carlos y Sergio crecen juntos, van a la misma escuela y a la misma universidad. Juan Carlos aspira a ser un gran científico y encuentra en el proyecto de Sergio la oportunidad de ser reconocido por el mundo. Una frase de Juan Carlos es clara:

> *"Es una ley de la Existencia que cada vida tenga su objetivo, su misión. Y nadie puede cumplirla por sí solo. El éxito es hallar la ayuda altruista y precisa que*

complemente su esfuerzo". Por otro lado, él piensa:

"La tasa de máximo avance humano se logra con la participación y cooperación óptima de las personas involucradas en este proyecto. El egoísmo humano crea diferencias e impases que paralizan u obstaculizan ese avance".

ANGÉLICA MARIE JOHNSON,

Angélica tiene treinta y un años al comienzo de esta historia, es inquisitiva y estudiosa; es alta, bella, delicada, rubia, de ojos azules, de hablar dulce y cariñosa, es trabajadora e independiente. Su padre es el Doctor Steve Johnson, director del Hospital Regional de San Diego. Cuando Angélica contaba con ocho años, sus padres se divorciaron. Los sucios argumentos legales, el debate por la custodia de la niña crean en su mente la desconfianza en el matrimonio. La sentencia de la corte es a favor de su padre quien gana la custodia de Angélica. En ella nace un enojo contra su madre, quien se casa con un colega de su carrera, un año más tarde. Ella deja de tener contacto con su madre desde el día de la sentencia. Su ambición de convertirse en especialista en neurología y psicología hace que Angélica estudie junto a sus estudios de secundaria un curso de administración de hospitales, becada por el directorado del hospital. Entre sus frases favoritas están estas:

"La vida es una y es tu deber manejarla de la mejor manera

posible. No dejes que nadie maneje tu vida a su antojo". *"Prepárate para vivir tu vida por tu cuenta, sin depender de nadie"*. Angélica además piensa:

"Comparte tu alma por amor, mas no te empecines en que te amen. Y si te aman, haz el nido de tu felicidad que será verdadero".

PATRICIA (PATI) SIMPSON,

Pati de treinta años, delgada y alta, astuta e inteligente, de pensar práctico, es servicial y amigable, bien educada. Cuando ella tenía seis años, sus padres mueren en un accidente del helicóptero en que viajaban; ella se muda con sus abuelos maternos quienes la acogen legalmente y se encargan de su educación. El Doctor Steve Johnson, padrino de Pati, es muy amigo de su padre, un eminente médico radiólogo. Cuando Pati cumple sus dieciocho años, el Doctor Johnson pasa a ser tutor y protector de Pati por el deseo de su difunto padre. Pati estudia durante la secundaria un curso técnico de Rayos X, escaneo y radiación. Pati sueña llegar a ser especialista en radiología y también en fisiología al igual que fue su padre. Aunque Pati es menor que Angélica, ella actúa como la hermana mayor de Angélica. Pati se concentra en su formación profesional y piensa que no debe involucrarse en ninguna relación amorosa hasta no consolidar su carrera profesional. Su modo de pensar es exclusivo y dice así en algunas frases:

"La muerte de un ser querido llega en cualquier momento, sin aviso. Y el vacío que deja en nuestras almas lo crea el egoísmo de querer retener a quien nos deja. La Existencia muestra que la vida sigue su curso, de todos modos." Además, agrega lo siguiente:

"Todo dolor es pasajero, sólo el dolor de la muerte es incurable y terminal. La liberación del alma trae la paz eterna del difunto y su deudo, después de un tiempo".

YESENIA FLORES ROJAS

Yesenia es de la misma edad de Sergio y de Juan Carlos, desde niña presenta una madurez muy adelantada para su edad. Es sensata, práctica en cierto modo materialista, raramente visita. Es una hermosa niña que se convierte en una señorita bella, de cabello rojo. Ella vive en el mismo vecindario, y es amiga de los chicos. Sus padres Armando Flores y Estela Rojas, ambos nacidos en Modesto, California, de origen español, educan a Yesenia dentro de la sofisticación y cultura española. Su familia se muda a San Diego después de vender su vinícola y viñedo en ese lugar. Yesenia es única hija, educada, nítida y elegante. Además, es inteligente, servicial y estudiosa. Quiere especializarse en idiomas y bellas artes y su asociación con Sergio facilita el ambiente que necesita. Su modo de pensar revela lo siguiente:

"La vida sigue un curso marcado por situaciones, condiciones, y

circunstancias que difícilmente se modifican. Los eventos que éstas producen es la realidad. De ahí nacen las oportunidades. El éxito del ser humano es aprovechar las oportunidades para su bienestar y beneficio o se pierden para siempre".

También agrega:

"Si hay atracción a primera vista lo crean las compatibilidades de los caracteres que se encuentran. Pero lo que crea el amor es el roce y las reciprocas atenciones, cálidas, genuinas y mutuas, dentro de un convivio frecuente."

"Hay amores que nacen de un desprecio o de un rechazo inicial, pero, luego, llegan a ser amores puros, para siempre. El amor se construye, no nace."

RENÉ ARMSTRONG CHAVEZ

René de nueve años al principio de la historia, es hijo de Charles Armstrong, un soldado del Cuerpo de la Marina norteamericana estacionado en la base en el sur de California. Él es un niño frustrado, resentido moral y socialmente. Su padre sedujo a su madre mientras estuvo de vacaciones en El Salvador, Centroamérica, luego de lo cual regresa a su base militar. René nace en el Salvador. Su padre y madre mantienen correspondencia. A petición de Charles, su madre viaja a Tijuana,

Baja California, México, endeudándose con un 'coyote'. Después del sufrimiento del viaje y las duras actividades de su madre, René y ella cruzan la frontera. Él tiene problemas aprendiendo el inglés y adaptándose al nuevo ambiente. Al salir de la Marina, su padre se casa con su madre y reconocen a René como hijo legítimo de Charles Armstrong y Gloria Chávez. René asiste a la escuela y trabaja en la compañía de jardinería y paisajes de su padre. La vida de René está llena de preguntas que nadie puede contestar. Él dice:

> *"La vida es injusta, no hay igualdad. Nadie pide venir a este mundo y, sin embargo, llega en las situaciones y condiciones que le dan. Yo soy un americano y estoy aquí en desventaja. Las leyes favorecen a los ricos y poderosos. Los pobres viven en miseria recogiendo algo para sobrevivir. No tienen derecho a más de lo que está en su miseria".*

> *"Los pobres ven desde afuera el mundo de ricos, poderosos y famosos. Hay una barrera que distingue y separa a estos de los pobres".*

> Aquí concluimos estas mini biografías de los actores del *"Escape al otro lado"*. A continuación, el documental. (Dong. Ding. Dang.)

SERGIO

Oigan, vivimos esta historia por casi diez años, tal vez sería bueno ver este reportaje completo. ¿Vemos este documental o las películas como dijimos?

Todos dicen en coro, *"Si, veamos el documental"*. Pati y Angelica van a la cocina y ordenan bocadillos, mientras Juan Carlos ordena al bar sus tragos favoritos.

Justo a tiempo llega la presentación. La pantalla de televisión presenta.

La hora es 6:29 PM

WISE
(Dang, Ding, Dong).
¡NOTICIAS DE ÚLTIMA HORA!
La Empresa WISE transmite el documental de apoyo al evento de mañana a las diez de la mañana. El público mundial necesita saber las razones fundamentales que impulsan al equipo del Dr. Sergio Do Espiritusantos a realizar el escape al otro lado de la vida material. WISE estrena la película "Escape al Otro Lado" para el público mundial. No habrá otras proyecciones en los teatros. A continuación, La película documental.
(Dong. Ding. Dang).

RAICES DEL SUEÑO

Documental del Escape

<u>**AÑO 2009.**</u>

La música que viene de la pantalla es una interpretación instrumental de "Riders on the Storm" del conjunto "The Doors".

**LA MUERTE DE LOS ABUELOS
CASA DE HUÉSPEDES, PATIO
TRASERO. 4:00 p.m.**

La historia comienza en el año 2008, hace veintiséis años. Observamos a la tierra orbitando con los demás planetas. En la tierra los paisajes captados son espectaculares. Poco a poco la vista enfoca un lugar en la parte sur de California acercándose rápido pero suavemente a Santo Diego. La vista continúa acercándose y enfoca un desarrollo residencial urbano exclusivo. Las nubes se mueven suavemente en el cielo sobre la zona boscosa que rodea una casa ubicada en las colinas al final del camino Vía Las Cumbres; en el patio trasero de esa casa, hay una pequeña camioneta junto a un estanque de peces en construcción. Un niño, cerca de sus cinco, juega con dos ancianos de unos ochenta años, construyendo ese estanque de peces. Un sendero va del patio hacia el frente y dobla entre la casa y el estanque de peces. Llega la mamá de Sergio, Carol, una mujer joven de unos 27 años.

SERGIO
(Emocionado)
Mira mamá, estamos haciendo un estanque de peces junto a mi casa en el árbol. Soy feliz jugando con mi abuela y abuelo. El abuelo y la abuela dicen que estará listo para mi cumpleaños. Voy a tener peces de todos los colores. Necesitamos más rocas.

CAROL
Eso es bueno, va a ser bonito, y tendrás todos los pececitos que quieras. ¿Dónde están el abuelo y la abuela?

SERGIO
Fueron a buscar más piedras; (mira a su alrededor y señala) allá van, en la camioneta.

El abuelo conduce muy cerca del borde del sendero; el vehículo desliza y rueda por la ladera de la colina. El niño grita, llora, y grita pidiendo ayuda; su madre llama a Thiago. Viene su papá; baja la colina.

SERGIO
Tengo mucho miedo. Abrázame, por favor.

Llegan un camión de bomberos y una ambulancia. Los paramédicos sube a los viejitos; la abuela está muerta. El abuelo aún vive; mira a Sergio, le toma la mano; le dice algo y fallece. Su mamá llora con él. Sergio grita desesperado, no entiende este fenómeno de la muerte. De hecho, es su primera experiencia con alguien que fallece.

SERGIO
¿Qué está pasando mamá? ¿Por qué no se mueven? ¿Por qué tienen los ojos cerrados?

CAROL
(Desesperada, piensa)
No sé qué decirle. ¿Cómo puedo explicar qué es la muerte a un niño de cinco años? El sólo ve que ya no se mueven, no hablan, no respiran. Y sólo le decimos que se marchan para siempre.

CAROL
(Llorando) Sergio, hijo, tus abuelos se fueron al cielo, a la dimensión después de la muerte a descansar... para siempre.

SERGIO
¿Por qué, mamá? No terminamos el estanque. No entiendo, estaban bien, trabajando, felices, jugando conmigo. ¿Mamá, se enojaron conmigo?

Carol abraza a Sergio y llora con él, no puede explicarle.

ESA NOCHE.

Sergio no puede dormir. Despierta gritando. Thiago y Carol corren hacia él. Ella lo abraza y lo besa.

CAROL

Aquí estoy mi amor, estoy contigo, ven, déjame abrazarte.

(En voz baja.)

Dime, hijo, ¿qué estabas soñando?

SERGIO

Mamá, mis abuelitos vinieron a verme, mi abuelo me dice: *"Mi querido nieto, te amo; vivo para protegerte de aquí arriba, y te guiaré en la vida. Háblame cuando quieras"*. Es lo mismo que me dijo cuando murió. La abuela estaba allí, luego desaparecen a través de la puerta. Tengo miedo.

Otro día pasa. Sergio está solo, evita a la gente, tranquilo y tímido. Por la noche sus sueños con sus abuelos llegan.

Al siguiente día.

CAROL
(A su celular)
(Llorando)
Hola, Thiago, quiero llamar, a mi hermana, Betty; ella puede ayudarnos con Sergio. Ok. (Ya en calma) Gracias; Sabía que dirías "sí"; pero primero lo compruebo contigo.

Dos días después.

Sergio está observando el proceso del funeral de sus abuelitos en el cementerio. Hay mucha gente. Es un entierro normal: tumba, ataúd, última encomendación, el cierre, las emociones: los llantos, los abrazos y besos, la agonía. Entierran a su abuelo y a su abuela y les ponen tierra encima. Todo eso es nuevo para Sergio, quien sólo mira sin entender lo que pasa. El niño mira a lado de las tumbas, sonríe y despide con su mano a alguien en ese lugar.

SERGIO

(Su pensamiento aparece)

"Mi abuelo toma la mano de mi abuela; se alejan; miran hacia atrás, me dicen adiós". Los echo de menos. Mi madre dice que fueron al cielo, la dimensión posterior a la muerte. No sé qué es eso. Pero por qué los echan en un hueco y los tapan con tierra. Quiero ir con ellos a donde ellos van y volver con mis papás.

Por la tarde, cuando regresa de la escuela, los busca. Va al patio detrás de la casa de huéspedes, ve el estanque de peces sin terminar. La hierba crece en ese tanque. Él sólo ve un lugar vacío. Se sienta junto al estanque y mira al cielo.

SERGIO

¿Cómo puedo ir a ver a mi abuelo y a mi abuela?

(llora temblando) Quiero jugar con mi abuelo y mi abuela. Quiero ir al Cielo a jugar con ellos... Cuando crezca, compraré un carro e iré a verlos.

Carol nota la situación mental y psicológica de Sergio. Ella se preocupa, y busca algo que hacer para ayudarlo.

Raptan a la Hermana de JUAN CARLOS.

AÑO 2011.

Betty, recomienda a Carol llevar a Sergio a lugares fuera y lejos de la casa para distraerlo y que vea cosas diferentes. Carol y Thiago van de vacaciones con la familia de Juan Carlos al parque de diversiones Disney World, en Orlando, Florida.

EL MUNDO DE DISNEY. 10:00 A.M.

La familia de Sergio ya está en el parque. Juan Carlos y su familia está en la entrada del Parque Disney World. Él jamás había visto una multitud como esta. Su papá va a buscar los boletos. El niño mira a su alrededor. Horacio trata de llamar a Thiago, pero el celular no funciona.

JUAN CARLOS
(Asustado dice)

No veo a mi hermana. Mamá, ¿dónde está Jennifer? Su mamá grita, hija mía, dónde está mi hija, (La llama) "Jennifer, JENNIFER, JENNIFER". La policía llega; mi papá da una foto y la información de mi hermanita, Jennifer, a la policía y comienzan a buscarla.

Cuatro horas después.

La familia Juan Carlos aún sigue a la entrada. La policía no encuentra a Jennifer. El jefe de detectives les dice que vuelvan al hotel y esperen allí cualquier información.

JUAN CARLOS

Cuando Sergio regresa al hotel, corro hacia él y lloramos juntos. Él me dice: *"Tú eres mi hermano para siempre. Somos más fuertes juntos, eso es todo, me preocupo por ti y tú me cuidas de ahora en adelante, pase lo que pase"*.

Los chicos enlazan sus dedos meñiques y hacen esa promesa.

Cuatro días después.

Juan Carlos y su familia regresan sin Jennifer a San Diego, California. Su madre pasa enferma por muchos días. Betty, la tía de Sergio, llega a hablar con ella todos los días.

El tiempo pasa, Sergio y Juan Carlos no hablan al respecto, aunque no olvidan lo que pasó. Al fin se resignan. Pero en la escuela siempre pasan juntos los ratos de recreo. Un día, a la hora del descanso, Yesenia, llega y se sienta a la mesa donde usualmente los chicos lo hacen.

SERGIO

¿Qué estás haciendo aquí, esta es nuestra mesa?

YESENIA

¿Y qué? También es mía. ¿Por qué no me hablan, como antes? ¿Qué les he hecho, qué pasa, hay algo malo en mí? ¿Por qué no juegan con el resto de los compañeros? Ahora, ustedes siempre andan juntos, pero, aislados de los demás.

JUAN CARLOS

¿Y qué no sabes lo que nos pasa?

YESENIA

Sí, pero eso ya pasó. Mi papá dice que no importa lo que pase, la vida continúa y nosotros también. No podemos cambiar el pasado. Tenemos que seguir viviendo.

(SILENCIO)

JUAN CARLOS

Mi papá dice lo mismo, pero no puedo olvidar a mi hermana. Es mi culpa. Yo no la cuidaba cuando se perdió.

SERGIO

No te culpes, Juan Carlos… (A Yesenia) Está bien, Yesenia, pasa el rato con nosotros. Pero promete que serás fiel a nosotros, como nosotros somos fieles a vos. Pone tu dedo meñique, júralo.

Los tres niños enredaron sus dedos meñiques e hicieron esa promesa. Se quedaron en esa mesa hablando, riendo, y comiendo sus bocadillos. Suena la campana de la escuela, el descanso termina.

JUAN CARLOS

Te vemos después de la escuela.

A las 2:00 la campana de salida de la escuela suena, los niños se van a casa. Juan Carlos y Sergio caminan juntos con Yesenia hasta la salida. La mamá de Juan Carlos espera a los chicos.

SERGIO

Yesenia, ¿quieres ir a mi casa esta tarde?

En la distancia, Yesenia asiente bien. Y se despide moviendo su mano. Esa tarde Yesenia llega a la casa de Sergio y juegan a las aventuras. Sergio imagina pasar al otro lado.

Túnel al Paraíso en la Tierra.

CARRETERA VÍA LAS CUMBRES, TUBERÍA DE DRENAJE. 3:00 p.m.

AÑO 2012.

Los tres niños, Sergio, Juan Carlos, y Yesenia, todos de 7 años, caminan al lado de la carretera frente a un tubo de drenaje que cruza por debajo de la carretera.

YESENIA

No, no quiero arrastrarme en esa tubería. Si me ensucio, mi madre se enoja. Vayan ustedes; aquí los espero.

SERGIO

No podemos dejarte sola. Gatea como yo. Así no te ensuciaras. (Recordando) Muy *bien, lo sé; (enfatizando) "la nobleza de la cultura española de tu familia dice que debes estar presentable"*. Esta tubería es nuestro túnel al otro lado - el jardín de frutas... y arándanos. Vamos, por esta vez.

JUAN CARLOS

Yesenia, hazlo así. Vamos. Ven, toma mi mano. Recogeremos arándanos silvestres en el otro lado y volvemos. Vamos.

Un tubo redondo, 40 pies de largo por 4 pies de diámetro, cruza la carretera por debajo. Éste representa el sueño de Sergio - el túnel al otro lado. Cuando entran, el otro extremo, la salida, se ve como un disco de luz brillante. Sergio entra primero, para ver ese disco que lo atrae. Desde ese día, ellos cruzan muchas veces al otro lado.

PATIO TRASERO DE LA CASA DE YESENIA. 3:00 p.m.

La Semilla de Envidia, Celos y Odio.

Los tres niños juegan lanzándose discos, el uno al otro. Llega una camioneta, tres hombres se bajan del vehículo, descargan cortadoras de césped, de orillas y similares y comienzan a trabajar el césped y el jardín. El disco de Sergio escapa al bosque. Un niño, René, de 12 años, americano, camina hacia Yesenia.

RENÉ
Hola Yesenia, te traje las plantas que te prometí. Son plantas de hortensia azul. Puedes plantarlas en el lugar que querrás; si deseas yo lo hago por ti con gusto.

YESENIA
Gracias, son lindas. ¿Podes plantarlas, una a cada lado de la entrada de la casa?

El niño va al frente de la casa a cumplir el gusto y deseo de Yesenia.

JUAN CARLOS
¿Cómo, conoces a ese niño?

YESENIA

En realidad, no. No lo conozco. Él es el hijo del jardinero. Es bien amable conmigo.

Después de un rato, Sergio vuelve con su disco. Los chicos entran a la casa a jugar con sus videos. El jardín se ve muy bien, el césped tan bien cortado parece un campo de golf. Las plantas, las flores, es una vista para una portada de revista.

RENÉ
(Resentido, piensa con odio)
¿Por qué soy hijo de un jardinero? ¿por qué tengo que trabajar después de la escuela, ayudando a mi padre? ¿Por qué no puedo venir a jugar con Yesenia como lo hacen estos otros niños? Alguien, me lo explique que puta pasa conmigo. ¿Qué me pasa? ¡Maldita vida! Y me dicen que somos iguales. Mi padre, un americano, soldado de la marina de los Estados Unidos, sedujo a mi madre, de 19 años, en El Salvador. De ese encuentro fortuito nací yo. Luego la manda a pasar ilegalmente por la frontera de california, cuando yo tenía 5 años". ¿Acaso es por eso que vivo con mi mala suerte?

Los jardineros se van. En la camioneta, René sigue pensando.

RENÉ
Nadie sabe de los sacrificios que mi madre tuvo que hacer en clubes nocturnos de Tijuana para pagar la deuda con el "coyote" que nos

trajo a la frontera y arreglo nuestro cruce a este lado. Pero, yo voy a hacer lo que sea necesario para lograr el balance y todo lo que debí tener en esta vida.

PASAN LOS DIAS.

Las tres familias, de Yesenia, Juan Carlos y Sergio son católicos y asisten regularmente a la iglesia del párroco padre Jorge. Los niños van a catecismo en preparación para su primera comunión. El Padre Jorge sabe de la situación psíquica de Sergio. El catecismo termina.

PADRE JORGE

Espera, Sergio, ven aca, quiero que hablemos. Decime, porque quieres ir al Cielo. ¿Sabes que eso sólo lo hacen las personas buenas y sólo cuando mueren sin pecados?

SERGIO

Pero, yo amo a mis abuelos, me hacen mucha falta y deseo verlos. ¿Es eso un pecado?

PADRE JORGE

No, hijo mío, eso no es pecado, pero olvida ese deseo; algunos deseos caprichosos son pecados. Debes dejar descansar las almas de tus abuelos.

SERGIO

Padre Jorge, ¿Amar a sus abuelos es un capricho? Y ¿querer verlos y jugar con ellos es otro capricho?

PADRE JORGE

No, hijo, amar a tus padres y parientes no es capricho, y querer verlos y estar con ellos tampoco es capricho. Pero, el empecinamiento desmedido es un capricho, una soberbia, y eso sí es pecado.

SERGIO

Yo sólo quiero verlos. yo los amo, y ellos me aman.

PADRE JORGE

No te pongas triste, pero, las personas no pueden ir al cielo a visitar a sus seres queridos.

SERGIO

Padre Jorge, usted acaba de decirnos que Jesúcristo y la Virgen María ascendieron al cielo en cuerpo y alma. Papa Chu es una persona y pudo viajar al cielo. Yo solo quiero ir al cielo a ver a mis abuelitos.

PADRE JORGE

Jesucristo y su madre estaban limpios de pecados.

SERGIO

Pero, yo soy un niño. ¿Cuáles son mis pecados?

El Padre Jorge no puede convencer a Sergio y pierde sus estribos.

PADRE JORGE

(Muy enojado) ¡Ah, CARAJO! Sí que sos terco, en verdad sos caprichoso. Recibirás tu castigo. Si seguís así con esa actitud, no recibirás tu primera comunión. Anda, vete ya.

El niño en medio de la angustia de no tener a sus abuelos consigo, ahora tiene la idea de que no es digno de ir al cielo a verlos. El niño llorando y asustado, sale de la sacristía pensando en el castigo que puede recibir. Y por esos temores no le dirá nada a su madre. Juan Carlos y Yesenia, lo impacientes, lo esperan afuera de la iglesia.

JUAN CARLOS
¿Qué te dijo el Padre Jorge? ¿Qué quería?

SERGIO
Les diré, pero, no le digan a nadie lo que les diga…

Los chicos asustados prometen guardar silencio.

SERGIO (CONTINUA)
Dice que soy caprichoso y por eso no me dará la comunión. Es que quiere que olvide lo de ir a visitar a mis abuelos. Estoy perdido. Que voy a decirle a mi mamá y a mi papá (llora).

YESENIA
Sergio, sí que estas en un grave problema. Pero, si guardamos silencio nadie puede ayudarnos. ¿Quieres que hable con mis padres?

SERGIO
No. Tal vez, pero no hoy, tengo que pensar.

Dos días más tarde.

Después de regresar de la escuela, Sergio decide hablar con su papá. Su padre está en su oficina de casa, hablando por teléfono. Sergio escucha.

THIAGO

Si, padre Jorge lo tendré en mente… la situación está un poco apretada, pero, veré cuanto puedo donar esta vez para las ampliaciones y mejoras en la iglesia. Si, si… yo le aviso. Hasta pronto padre.

Sergio, no entra a hablar con su padre; corre a la casa de huéspedes. Piensa y piensa, muy angustiado con la amenaza del padre Jorge.

Esa tarde. Sergio esta más tranquilo.

LUIZA

Sergio, es hora de ir al catecismo.

SERGIO

Si, ya estoy listo.

En la Sacristía, Sergio encuentra con sus amigos, Juan Carlos y Yesenia.

SERGIO

Hola, amigos, ayer no pude venir, hoy vengo porque hablaré con el padre Jorge. Entremos les cuento después.

PADRE JORGE

¿Sergio que haces aquí? Te dije que tienes problemas que arreglar antes de recibir la primera comunión.

SERGIO

Vine sólo para avisarle que no completaré mi catecismo. Esta noche le diré a mis padres que no puedo recibir mi comunión por los pecados que usted dice que yo tengo.

Sergio sale rápido sin permitir que el padre hable. El Padre Jorge preocupado más que asustado, piensa.

PADRE JORGE
(Para si mismo)
Si Sergio le dice a su padre, don Thiago se pondrá muy descontento y no donará más a esta iglesia. Él es uno de los fieles que más dona. No puedo perder su donación. Debo arreglar esta situación de inmediato.

El Padre Jorge habla con René que también se prepara para recibir su primera comunión, unos años atrasado.

EL ABUELO
"¡Cuidado! La maldad que no se cumple, trae otras formas de hacerlas realidad".

PADRE JORGE
René, ¿vos conoces a Yesenia Flores Rojas?

RENÉ
Sí, Padre, la conozco. La veo de vez en cuando por las tardes.

PADRE JORGE
Bien, entonces, ¿conoces a Sergio Do Espiritusantos?

RENÉ

Sí, padre, lo conozco. Ese "chico rico" tiene una deuda conmigo.

PADRE JORGE

Bien, hablaremos mañana después de tu catecismo.

Unos días después aparecen en las calles las marchas de protesta contra los herejes. También Sergio comienza a recibir notas anónimas.

AÑOS DESPUÉS

Intentan violar a Yesenia.

CASA DE HUÉSPEDES, SALÓN.4:35 p.m.

Es viernes por la tarde, 24 de septiembre de 2021, Sergio espera su auto. Llega el conductor, su celular está en el auto. Sergio sale rumbo al centro.

Lavandería de Autos. 4:00 p.m.

Timbre de teléfono.

JUAN CARLOS

Hola, está bien. Adelante.
(Sorprendido y preocupado.)
Qué… Cuando… Dónde… Sí, conozco el lugar. Gracias.

En el auto. La misma tarde. 4:05 p.m.

Timbre de teléfono.

SERGIO

Hola, Juan Carlos. ¿Qué, cuando? (Emocional, apresurado) De acuerdo. Sé dónde está eso. Envíame tu dirección. Te recogeré.

Entran cautelosos al viejo sitio de Walmart en Linda Vista; estacionan el auto; caminan al estacionamiento trasero del edificio. La furgoneta está allí. Yesenia está gimiendo, gritando, llorando. Sergio saca su arma y dispara al aire. Un hombre los ve; corre, entra al vehículo. La furgoneta despega violentamente. Yesenia cae por la puerta lateral corrediza, desnuda. Ella sentada en el suelo, trata de cubrirse con sus muslos y brazos. La furgoneta sale del estacionamiento, arrojan la ropa de Yesenia al suelo. Escapan.

Sergio camina hacia Yesenia. A medida que se acerca, Yesenia grita asustada. Sergio se quita la chaqueta y se la da para que se cubra.

SERGIO

Juan Carlos ve a buscar su ropa. Yesenia, ¿no me reconoces? Soy Sergio, tu amigo, estoy con Juan Carlos, estamos aquí para protegerte. Recuerda que: *"Somos fieles a ti, tú eres fiel a nosotros"*.

YESENIA
(Tiembla, llorando)
Sí. Pero… no me mires, por favor, tengo mucha vergüenza.

Juan Carlos vuelve con la ropa de Yesenia, dice:

JUAN CARLOS
Sergio, Hallé esta nota entre su ropa, dice, *"Esto es sólo una muestra de lo que puedo hacer, hereje-hechicero. Te tengo en la mira. No esperaras mucho para padecer lo que yo he padecido"*.

Sergio toma esa nota y la guarda en su bolsillo.

SERGIO
Aquí está tu ropa. Trata de vestirte, nos damos vuelta.

YESENIA
¿Mi mochila, mi mochila, mi chaqueta?

SERGIO
Espera, buscaré esas otras cosas.

Juan Carlos luce muy preocupado por lo que pueden haber hecho a Yesenia.

JUAN CARLOS
¿Te molestaron, Yesenia? ¿Llegaron a ti?

Sergio regresa.

SERGIO

Aquí tienes tus cosas. Llamaré a la policía.

YESENIA

NO, No, no llames a la policía. No quiero que esto se haga público.

JUAN CARLOS

¿Querés llamar a tu mamá?

YESENIA

No, por favor, no llamen a mi mamá.

SERGIO

Yesenia, ¿Qué quieres hacer? ¿Quieres hablar con nosotros, quieres ir a algún lugar?

JUAN CARLOS

Llevémosla a tu casa. La llevaré a su casa después que descanse y se calme.

YESENIA

Sí, por favor, Sergio, llévame a tu casa.

Yesenia mira fijamente al horizonte. Todavía asustada (llora). Juan Carlos y Sergio guardan silencio. Sergio conduce al lugar donde Juan Carlos dejó su auto. Juan Carlos sigue el coche de Sergio.

La Policía Investiga.

SALA, CASA DE HUÉSPEDES. 6:20 p.m.

En casa, Sergio le da una pastilla para aliviar la ansiedad y el estrés.

JUAN CARLOS
Yesenia, ya estas a salvo, aquí con nosotros estás a protegida. ¿Quieres hablar de eso, de lo que te hicieron?

YESENIA
Gracias a Dios llegaron y me salvaron. Un minuto después habría sido demasiado tarde. Si eso hubiera sucedido, me habría suicidado.
(A sí misma) Sergio, vos salvaste mi vida, mi virginidad, mi honor. No sé cómo puedo pagarte eso.

Suena el timbre. Sergio abre la puerta.

CAPITÁN CARLSON
Buenas noches. Aja, sabemos que recogiste a Yesenia Flores Rojas y la trajiste aquí. Tenemos un testigo que vio lo que pasó. ¿Podemos hablar con ella?

Sergio no sabe qué hacer, qué decir; no tiene opción. El capitán Carlson puede ver a la chica sentada en un sillón en la sala de estar. Sergio la mira, ella asiente. El capitán Carlson y dos detectives entran.

CAPITÁN CARLSON
Yesenia, ¿cuéntanos qué pasó? Ella no habla, no dice nada. Está bien, ajá. Hay dos opciones, o nos cuentas ahora, o le decimos a tus padres.

YESENIA
(Afirmativamente)
No pasó nada, no hay pruebas de nada. Estoy bien.

EL CAPITAN CARLSON
Ustedes, Sergio y Juan Carlos, podrían aparecer como encubridores de un delito, con cargo de ocultar evidencias y obstrucción de la aplicación de la Justicia.

El capitán Carlson y los dos detectives se van. Es tarde.

SERGIO
Sólo eso nos faltaba. Yesenia, te sugiero que pases la noche aquí, en la casa principal. Te llevaremos a casa temprano mañana. Llama a tu mamá.

Así lo hizo. Luiza, de 37 años, brasileña, ama de llaves, llega y llevó a Yesenia a la casa principal. Los chicos quedan hablando del incidente.

SERGIO (CONTINÚA)
Hay dos cosas que no entiendo, ¿Porque ese testigo denuncia el caso? ¿Cómo se enteró? ¿Que saca de su acción? Me pregunto quién será la o el testigo que vio a los asaltantes. Pero, lo averiguaré.

Juan Carlos guarda silencio. Conoce el nombre de la testigo.

SERGIO
La nota que recibimos es clara. René tiene el propósito de destruirme me acusa en público

de hereje y hechicero. Alguien define lo que investigo como infidelidad religiosa. Cuando menos es lo que tratan de hacer.

Muere la madre de SERGIO.

Año 2023.

CASA PRINCIPAL, CERCA DE LAS 7:00 a.m.

Sergio cuenta con dieciocho años. Esa mañana, mientras se prepara para ir al colegio.

SERGIO
(Para si mismo)
Éste es mi último semestre en la escuela secundaria. Necesito enviar mi solicitud a la Universidad de San Domingo. Tal vez allí pueda realizar mi investigación.

Carol grita en su habitación. Ella llora. Sergio oye y corre al pasillo. Se detiene en la puerta de esa habitación. Oye hablar a su padre, Thiago, tiene 43 años.

THIAGO
Tu mamá va a tener a su bebé. La llevaré al hospital.

SERGIO
Voy contigo, papá.

THIAGO
¿Qué pasa con su escuela?

SERGIO

No tengo mucho hoy. Quiero estar con mi mamá y contigo.

Llega la ambulancia, empujan una camilla adentro, llevan a Carol al hospital. Sergio va con su papá.

Una Muerte por dos vidas.

HOSPITAL, OBSTETRICIA, SALA DE ESPERA. LAS 7:03 a.m.

Una sala de maternidad típica de hospital y una sala de espera de parto.

Sergio y su papá están en la sala de espera, obviamente preocupados.

SERGIO

Papá, ¿cuánto tiempo piensas que mi mamá estará allí?

THIAGO

No sé, hijo, no lo sé. Hay que esperar. ¿Por qué? ¿Necesitas ir a la escuela?

SERGIO

No, papá, quiero quedarme con mi mamá y contigo. Pero es que pienso en el sufrimiento de mi madre; no quisiera que fuera largo.

Él presiente algo, pero, no sabe lo que es.

DOS HORAS DESPUÉS

Nacen su hermana y hermano.

Sergio no está en la sala de espera; el ginecólogo habla con Thiago. Sergio regresa.

SERGIO

Qué pasa papá. ¿Por qué lloras? ¿Le pasa algo a mi mamá?

THIAGO

Hijo, tu madre se nos fue. Ella murió hace unos minutos.

SERGIO

¿Qué dices?

Sergio desmaya. Una enfermera corre a ayudarle; él jadea por aire; vuelve en sí; la enfermera le da una pastilla para calmar sus nervios. él grita.

SERGIO

NO, OH NO... NO MI MADRE... OH DIOS NO. (Llorando) Papá… ¿por qué? No entiendo.

(Mira al techo) Mamá, regresa. DIOS, por favor, envíala de regreso. Necesito a mi mamá. Mamá, espérame allí en el Cielo. Iré a verte. Así, lo haré, si DIOS lo permite...

Una enfermera ayuda a Sergio a calmarse, él se aferra a su padre. La enfermera susurra algo al oído de Thiago.

THIAGO

Sergio, tu madre nos dejó el mejor regalo que pudo darnos, unos gemelos, hermana y hermano. ¿Quieres verlos? Están en el cuarto de recién nacidos.

Sergio levanta la vista, llora, y asiente con su cabeza; camina con su papá… A través de las ventanas ven a dos hermosos bebés recién nacidos moviendo sus brazos y piernas, llorando. Sergio los mira, pero su mente está con su madre.

SERGIO
(Para sí mismo)
Quiero ir con mi mama. Quiero escapar al otro lado.

El compromiso de ir al otro lado.

CASA DE HUÉSPEDES, CASI LAS 6:00 p.m.

Pasa el tiempo.

La graduación de secundaria. El verano llega. Dos meses poco antes de terminar su primer año en la universidad, Sergio esta junto a una ventana cerca de la puerta de entrada de la casa, mirando al estacionamiento en la cima de la colina. Él espera a sus leales y mejores amigos, Yesenia y Juan Carlos quienes siempre lo acompañan.

La noche comienza a cubrir con su manto de oscuridad la vida despierta; trae con ella incertidumbres. La luna aparece, desaparece detrás de las nubes, como jugando al escondite, asustando a la gente. La foresta añade misterio a esta noche oscura. De hecho, ya es espeluznante de por sí. En estas colinas, las casas están distante, la gente en una casa no sabe lo que sucede en las casas vecinas. Cada una tiene por entrada un camino privado.

Sergio mira hacia atrás a la sala de estar. Todo está limpio, bien colocado, dos sillones reclinables, uno a cada lado de un sofá seccional y una mesa central. Frente a los asientos hay una gran pantalla de TV. La iluminación es tenue. El sistema de sonido con el volumen bajo reproduce "Música de la Noche" del "Fantasma de la Ópera".

SERGIO
(Pensando).
Extraño a mi madre, a mis abuelos... Sólo Dios sabe cuánto aman los niños a sus abuelos y padres. ¿Por qué tienen que irse? ¿Por qué no puedo ir allí a verlos? Desde que mis abuelos nos dejaron, tengo pensamientos extraños, vienen como voces. No los llamo; simplemente vienen a mi mente.

Los padres no saben nada sobre este asunto: la muerte, la vida después de la muerte; y si no lo saben ni lo entienden. ¿Cómo pueden explicarles eso a los niños?

Afuera, a lo lejos, los coyotes lloran, gimen; el viento sopla a través de las hojas y ramas haciendo sonidos extraños. Es el momento en que los días comienzan a acortarse en el hemisferio norte. Es una noche sin luna, tan oscura que no se puede ver ni la palma de la mano.

SERGIO
La noche me llama; abre mis sentidos para percibir lo que no puedo ver. ¿Sera la

oscuridad la puerta de entrada a la dimensión de los muertos? ¿Quién lo sabe? ¿Acaso tu?

Sergio vuelve al sillón reclinable. La música del Fantasma de la Ópera continúa. El ruido de un auto que llega alerta a Sergio y camina hacia la puerta. El área de estacionamiento en la colina nivelada, clara y sin árboles, contrastando con la foresta.

Un hombre y una mujer están de pie frente al auto. Miran la casa. La luz a través de las ventanas insinúa calidez en su interior. Pero la luz del ocaso oscurece sus cuerpos.

SERGIO
No puedo ver sus caras, la luz del ocaso detrás de ellos oscurece sus rostros.

EL ABUELO
"La luz que alumbra detrás de la materia opaca y esconde la forma de su rostro. La realidad sólo es visible cuando la materia refleja la luz y podés ver su forma. Pero si no hay materia, la luz desaparece y no ves nada".

SERGIO
¿Qué significa eso? Puede ser que el espíritu fuera del cuerpo esconde la acción del cuerpo. La acción de la vida sólo es posible cuando el espíritu se expresa a través del cuerpo. Pero si el cuerpo muere el espíritu desaparece, no lo ves, más, aunque la persona sigue viviendo.

A través de una ventana, observa a la pareja caminar hacia la puerta de entrada. Mira su reloj de pulsera.

SERGIO
(Piensa en voz alta.)
"Minutos antes de las seis, justo a tiempo."

Mientras la pareja camina, Juan Carlos actúa, bromeando.

JUAN CARLOS
(Imita a un maestro de ceremonia)
Permítanme su atención: Sergio Jesús Do Espiritusantos… el gurú de la vida después de la muerte… A 20 minutos del centro de la ciudad de San Diego, California U.S.A.

YESENIA
¡Ríe a carcajadas! Si que eres gracioso… Este lugar siempre es muy acogedor, cálido, me abraza. Este lejos de la ciudad agitada; es relajante, perfecto para meditar.

Timbre de puerta.

Sergio corre a abrir la puerta.

SERGIO
Bienvenidos, chicos, entren. Pónganse cómodos; espérenme, vuelvo en un minuto.

YESENIA
(Suspira)
¡Ah! Este lugar es tranquilo, sereno, le trae paz a mi alma.

Afuera, los grillos cantan y los coyotes aúllan. Adentro, el sistema de sonido todavía toca la música del Fantasma de La Ópera.

YESENIA

No me gusta oír a los coyotes aullando; me asustan. Mira… La luna se esconde, el viento resuena de manera tenebrosa… Hace frío afuera, pero es acogedor aquí, (suspira), a la temperatura adecuada.

JUAN CARLOS

Sergio administra esta casa. La arregla y la decora, guardando todo lo que le recuerde a su mamá y a sus abuelos. Es bonito, ¿no?

YESENIA

Sí. No conozco los detalles… Si sé que le ayuda a su padre, administrando la propiedad, la casa principal y el personal de mantenimiento, entre ellos, el jardinero. Es trabajador. (A sí misma.) *Ah, eso es lo que quiero para esposo*.

Yesenia camina por la habitación observando, da vuelta, ve que Juan Carlos recoge algo de la mesa central. Ella camina hacia él.

YESENIA

¿Qué es eso? ¿Un vídeo? Déjame ver. Juan Carlos, déjame ver, maldita sea.

Él retira su brazo fuera del alcance de ella. Ella cae sobre él. Él la abraza, como en lucha.

JUAN CARLOS

Oye, espera. No es mío (risas). Es de la colección de la mamá de Sergio. Finalmente, ella se lo quita de la mano y lo mira.

YESENIA
(Emocionada)
¡Rayos! ¿De dónde lo sacaste? He estado buscando uno como este. Oye, escucha esto, "Secretos de Dramaturgia," Dra. Carol Cosset Dubois". ¡Espera, Espera! Entonces, el nombre de Sergio es, Jesús Do Espiritusantos Dubois; ¿Frances-brasileño? ¿Es por eso por lo que lo llamas el Conde de Santo Diego?

JUAN CARLOS
(Riendo en voz alta) No, tonta. Enseñaba dramaturgia en la universidad. Sergio habla y camina como un conde.

Ella agita el video.

YESENIA
Sí, es algo así. ¿Lo veremos esta noche?

JUAN CARLOS
Sí, lo veremos; se ajusta a los requisitos de la clase. Para eso estamos aquí, tonta. ¿No te dijo Sergio?

(BREVE SILENCIO)

SERGIO
(Juguetón, actuando como camarero)
Refrescos, bocadillos, palomitas de maíz; cumplido de la casa. ¡Bon Apetite! ¡Oye, hagamos que valga la pena recordar esta noche!

El Sistema de sonidos reproduce "Llévame al Otro Lado", de "The Doors". Aquí viene un agua fiesta.

JUAN CARLOS

Sergio, hace dos días tu papá y mis padres volaron a Brasilia, ¿has sabido de ellos?

SERGIO

Sí, llamaron ayer, están hospedados en el hotel Ritz del centro de la ciudad. Te enviaron sus saludos.

JUAN CARLOS

Hoy es el aniversario del fallecimiento de tu madre. Recuerdo su porte noble, su voz firme y positiva. Me trató como a un hijo.

El estado de ánimo en la habitación se vuelve sombría. Sergio camina hacia la ventana y mira la luz del atardecer todavía encendida. El sistema de sonido reproduce el "Ave María" de Gounod. Yesenia pone un dedo índice sobre su boca indicándole a Juan Carlos que no diga más.

YESENIA
(Molesta)
¿Podés llevarme a casa justo después del vídeo?

Juan Carlos mira a Sergio, sacude la cabeza.

JUAN CARLOS

Entendido, no hay problema... Perdóname Sergio; No debería haber mencionado el aniversario.

Sergio mira al cielo, llorando por su madre. El sistema de sonido comienza a tocar "Memorias" del musical Gatos "Cats". Se seca las lágrimas y gira.

SERGIO

(Piensa en voz alta.) Todos deben creer que estoy loco. Mi madre murió hace un año. No puedo olvidar el tiempo que estuvo con nosotros. Ella era todo en mi mundo.

EL ABUELO

"Una llama te cubre; te eleva por encima de tus sentimientos".

SERGIO

(Mira a los chicos) Gracias por recordármela, ella es mi principal motivación para ir al otro lado. De poder hacerlo. ¿Ustedes creen que alguien se negaría a ir allá, a visitar a sus seres queridos? Estoy seguro de que no.

JUAN CARLOS

(Avergonzado, mirando hacia abajo)
Pondré el vídeo, ¿de acuerdo?

SERGIO

Oigan, quiero ir al otro lado y volver. Todo lo que necesito es… un túnel para ir al mundo de los espíritus, a la dimensión después de la muerte. ¡Voila! Sí, eso es todo, un túnel.

El sistema de sonido toca la canción de ópera, "El Fantasma". Yesenia, muy asustada, lo observa. Sergio regresa y se sienta en un sillón reclinable.

JUAN CARLOS

¿Qué, morir y revivir? ¿Qué tipo de mierda es esa? No pienses eso; ¿Estás demente? Eso no se puede hacer. Piensa; tus abuelos y tu mamá están contigo si solo piensas en ellos; Si lo haces tu dolor desaparece.

Juan Carlos camina y le pone una mano en el hombro.

SERGIO

Parece que ustedes no están de acuerdo conmigo. Por otro lado, el Padre Jorge dice que estoy pecando. Pero yo sólo quiero saber si es verdad que existe ese otro lado, visitar a mis abuelos y a mi mamá, y así comprobar lo que la gente menciona. ¿Qué hay de malo en eso? Oigan, podría escribir mi experiencia en mi manuscrito.

YESENIA

¡Rayos!, Eso es genial para tu libreto; pero… no me gusta la idea de que vayas allí, en vida; me asustas. ¿Qué pasaría si no vuelves?

(A sí misma) "Moriría si te perdiera. Debo estar contigo".

Sobre el camino, Las Cumbres, frente a la entrada de la casa de Sergio, se encuentra apostada una manifestación de cerca de cuarenta personas. Llevan pancartas de protestas y amenazas escritas. El texto de una de estas dice: "LA HEJERIA VA CONTRA DIOS". Otra lleva escrito: "MALDITOS SEAN LOS HECHICEROS". Y otra que dice: "EXCOMUNIÓN PARA QUIEN SE REVELE CONTRA LA IGLESIA". René marcha al frente de la indignada turba.

SERGIO

¿No crees en el "después" de la muerte? Eso está bien conmigo, porque yo tampoco creo. Es por eso que quiero comprobarlo por mí mismo.

(Cambiando su estado de ánimo) Extraño a mi mamá, a mis abuelos. Quiero verlos. ¿Qué hay de malo en eso?

YESENIA

No cuentes conmigo. Eso me da miedo y puede ser muy peligroso. No podría soportar el dolor si algo malo te sucediera. Quiero vivir, disfrutar de las cosas buenas de la vida... Además, ¿Qué no vas a la iglesia? ¿No crees que es sacrílego jugar con las creencias religiosas y la fe?

EL ABUELO

"Los animales enjaulados no tienen libertad. Las mentes indoctrinadas no tienen libertad de pensamiento; Ellos, así, no ven la Realidad tal como es. La barrera del miedo limita las acciones y el razonamiento del hombre. Así es que los humanos no son lo que el Creador quiso que fueran: libres".

Juan Carlos siempre está dispuesto a apoyar a Sergio, su hermano y piensa cuidadosamente lo que puede decir.

JUAN CARLOS

Eh. ¿Cómo planeás hacerlo? Es imposible. No sos Lázaro, y Jesucristo no está aquí para resucitarte al tercer día. ¿Estás perdiendo la cabeza? (Pausa) Te ayudaré, si puedo, hermano. Pero, debe hacerse con un método seguro, sin riesgos.

YESENIA

Aquí tienes. Estás haciendo algo que está en contra de lo profesado en las religiones.

En cierto modo, en contra del orden natural de la existencia.

Sergio mira el estante de armería instalado en la pared trasera lleno de pistolas, sables, espadas y cuchillos. Camina lentamente hacia él. Los chicos atemorizados, no sabe lo que va a hacer.

SERGIO
(Risas) No es imposible.

EL ABUELO
"La vida es un continuo sin flujo. Hay vida material, hay vida no material, hay vida, hay muerte, entonces, debe haber una manera de cruzar la frontera entre ellos".

SERGIO
Te escucho abuelo. Pero, yo tengo que encontrar la manera de cruzar.

YESENIA
Ustedes están jugando con cienes y cienes de años de creencias religiosas y fe. A la gente no le gusta lo que ustedes intentan hacer. ¿Qué pasa si descubren que no existe tal dimensión posterior a la muerte? ¿Y si no hay cielo Nirvana, Shangri La, etc.? A más de siete mil millones de creyentes no les gustará eso.

SERGIO
Eso puede ser cierto. Pero, no estoy tratando de desacreditar la creencia o la fe de nadie. Yo… sólo quiero encontrar una manera de escapar a la dimensión posterior

a la muerte y ver a mis abuelos, a mi madre.
¿Qué hay de malo en eso?

JUAN CARLOS

De acuerdo. Creo que a todos les gustaría
ver y hablar con sus seres queridos difuntos.
Pero… Sergio ¿Cómo piensas hacer eso?

SERGIO

Nadie ha creado un método, todavía. ¿Tu,
alguien? Estoy pensando en algo... Podría ser
un simple agujero de gusanos… ¿Recuerdan cómo
cruzábamos la carretera hacia el otro lado,
arrastrándonos a través de una tubería de
desagüe? Esto es así.

YESENIA

Veo, que estas decidido a realizar tu
propósito. Sé que no apartaras eso de tu
mente. A mí me da mucho miedo y no me pidas
que participe en eso.

JUAN CARLOS

Yo tampoco estoy de acuerdo con ese
proyecto, pero sos mi hermano y no pienso
dejarte solo. Trabajaré con vos, pase lo que
pase. ¿Ya tienes un plan? ¿Una guía a seguir
con pasos que puedan verificarse? De ser así,
cuenta conmigo.

YESENIA

(Intentando cambiar la conversación.) ¿Qué
has escrito para la clase? No nos queda más
tiempo para el fin de año escolar.

CASA DE HUESPEDES, SALA. 6:PM.

Sergio viste una capa y un sombrero de copa; salta delante de Yesenia y Juan Carlos. El sistema de sonido reproduce "Hay un Lugar Para Nosotros" del musical "Historia del Lado Oeste". Sergio recita algo parecido.

SERGIO

*PERSIGO UNA EXISTENCIA ATRACTIVA,
TRANQUILA, DONDE AMOR Y PAZ NOS ABRAZAN.
EN LA TIERRA… LA VIDA SIN ALTERNATIVA
ES CORTA. SITUACIONES y CONDICIONES PASAN.
BUSCO UN JARDÍN DE AMOR EN PRIMAVERA
PARA VOS, PARA MÍ Y ELLOS, ETERNA GLORIA.
AQUÍ… ACCIONES QUE SE TOMAN A LA LIGERA
PUEDEN TERMINAR NUESTRA DULCE HISTORIA.*

*¿POR QUÉ DIGO ESTO?
PARTES DE MÍ YA SE MARCHARON,
SERES QUE SIEMPRE AMO SIN PRETEXTO,
AQUELLOS QUE SIN CONDICION ME AMARON
EN VIDA HASTA QUE EN UN MOMENTO
SIN DECIR ADIÓS, SE ESFUMARON,
DEJANDOME ATRÁS EN MI LAMENTO.*

*ALLA… LA ILLUSIÓN NO ESTA PERDIDA.
AQUÍ… VIVO CON EL DOLOR DEL DAÑO;
ALLÁ… QUIERO COMPARTIRLES MI VIDA
Y NO DECIR COMO AQUÍ DIGO… ¡LOS EXTRAÑO!*

Yesenia bosteza, angustiada, más que eso, asustada.

SERGIO

Los humanos no ven a los espíritus. Pero, los espíritus los ven desde afuera; los ayudan si le piden… ABRACADABRA, por el poder de la pata de cabra, abre un túnel para mi viaje.

YESENIA

(Molesta) Oye, no te metas con los espíritus. (Susurrando) *Esta va a ser una larga noche de susto*. (Dirigiéndose a Sergio) Tu trabajo tiene un buen comienzo, tendrás éxito. Veamos el vídeo. (A Juan Carlos) ¿Podes llevarme a casa cuando terminemos?

Sergio nota su comportamiento.

SERGIO

Bien, veamos el vídeo. Juan Carlos, ¿pasa las palomitas de maíz?

YESENIA

Sergio, ¿vos escribís los poemas que recitás?

SERGIO

No, los espíritus lo hacen por mí. (risas) Claro que sí. Pero, creo que un espíritu me inspira a escribirlos. El vídeo muestra un desglose estructural, acto, escena, acción, personaje, diálogo, ritmo y arco en esta parte

Después de aproximadamente 30 minutos, el vídeo termina.

JUAN CARLOS

Este vídeo es una buena guía para escribir una obra de teatro completa.

Oye chica, son las 10:15 pm. Vamos. (A Sergio) Gracias por invitarnos esta noche. Descansa, amigo. Nos vemos luego.

YESENIA

Es fantástico. Me gusta lo que ella dice: *"Un espectáculo no es el escenario, pero, el escenario da vida a la obra"*. Gracias, por invitarnos a verlo.

Yesenia y Juan Carlos toman sus chaquetas, caminan hacia la puerta. Sergio los acompaña.

SERGIO

Oh; Claro. No es nada. Vayan chicos, estoy bien, pero me quedaré despierto estudiando, llámenme cuando lleguen a casa.

Se marchan; Sergio regresa y se hunde en el sillón reclinable.

SERGIO

Ah, esa voz viene de nuevo. ¿Eres tú, abuelo?

La luz de la casa parpadea dos veces, como si la energía fallara.

EL ABUELO

"Demuestra que la experiencia cercana a la muerte son ilusiones, creencias, delirios; demuestra que el otro lado es realidad. Tu conflicto es la credulidad de la gente. Es difícil romper creencias arraigadas, no trates de cambiarles sus creencias. Sólo expone los hechos".

SERGIO
¿Hay vida después de la muerte? ¿Quién puede decirme, ustedes por ahí? ¿Cómo saber si existe una puerta y dónde encontrarla? Debo averiguarlo.

Maldiciones de las brujas.

LA CARRETERA, EN EL COCHE. 11:20 p.m.

El coche viene de frente. Las sombras se mueven al costado de la carretera. La luz interior brilla en las caras de Yesenia y Juan Carlos. Yesenia temerosa enciende la luz cenital. La noche es más oscura de lo habitual; sólo logran ver lo que está delante del coche. La luz se refracta en la niebla. La oscuridad y la niebla presagian Halloween, la noche de brujas… el ulular en tono sordo de los búhos, "ju, ju" auguran sorpresas, una amenaza o una situación inesperada. La oscuridad es el misterio de la noche.

YESENIA
La gente dice, *"las maldiciones de las brujas surten efecto en estas noches. Comparte o sufre; las maldiciones purgan a los no creyentes"* …

No me gusta Halloween.

Las sombras proyectadas por los árboles al costado de la carretera simulan cadáveres que caminan y se esconden. Estas sombras parecen moverse con el movimiento del coche.

JUAN CARLOS (Modulando su voz)

La oscuridad es lo desconocido y lo desconocido es el misterio de la vida. Sergio dice, "*las cosas no son si no están destinadas a serlo. "La verdad reina en nuestro entorno"*". Ignoramos esto, mirando hacia a otro lado.

(Recita)

SERES EFÍMEROS DE LUZ.
ÁNGELES DE LA GUARDA SÓLO PARA TI
ENTRAN EN TU ESFERA DE VISIÓN...
SON LUZ DE FELICIDAD, O CRUZ
¿QUÉ? BIENVENIDOS... LO VES ASÍ.
SERES DE LUZ, LOS ESPIRITUS SON
DE AMOR, PARA TI Y PARA MÍ.

YESENIA

(Aprensiva)

Basta. Me asustas. Las sombras que desfilan como cadáveres a lo largo del camino son suficientes. Tengo miedo.

(Intentando cambiar de tema)

Mira, mira, la ciudad; es un manto de estrellas.

JUAN CARLOS

A Sergio le encanta este tema. Oye, ¿cómo ves con los ojos cerrados? ¿Tenes miedo? Tenes razón; la vista es hermosa. (SILENCIO). Maldito camino; No puedo ver la línea central. No puedo ver por dónde voy a través de la niebla. ¿Tienes puesto el cinturón de seguridad?

YESENIA

No, es mejor que me lo ponga.

JUAN CARLOS
No te preocupes, chica, estamos bien.
(Recita a tempo, en un estado de ánimo oscuro).

A MEDIDA QUE ABRE LA OSCURIDAD
A TRAVÉS DE ROTOS TECHOS,
NACE EN LAS ALMAS INSEGURIDAD.
EL MIEDO A FATALES HECHOS...
LA CLARIDAD EN LA NOCHE OSUCURA
HAZ DE LUZ BRILLANDO TIERNA,
ES SABIDURÍA EN LA LOCURA
DE LA REALIDAD EXTERNA.

EN LA CASA DE HUÉSPEDES

En la sala de estar, Sergio despierta abruptamente.

SERGIO
¿Qué me pasa? Qué pasa. No puedo dormir.
Se escucha una ráfaga de viento en la foresta.

EL ABUELO
Las frecuencias permanecen no para el destino; vemos y escuchamos realidades pasadas. Vemos el sol ocho minutos tarde. No hay idea ni acción aislada; todo existe sin alarde. No es anormalidad. Lo que vemos ya no está ahí. Es el pasado que vemos, así que, los pensamientos, emociones, miedos, amor y similares sentimientos, son frecuencias de nuestras presencias. Tu mente captura las ondas del espacio... no se pierden jamás".

EN LA CARRETERA

YESENIA

Ya basta. Me asustas más que Sergio, queriendo morir para ir a ver que hay al otro lado. Está loco. Uno muere y listo; no volvemos. La vida tiene suficientes problemas; ¿Por qué quiere buscar más en otro lugar? Es una creencia y nada más. Fin de la historia. ¿Sabes? No hay Cielo. No hay ángeles guardianes. Ellos no vienen cuando se necesitan, como el día en que... Bueno... ya sabes, mi incidente… Esa otra mierda es solo un invento.

JUAN CARLOS

¿No crees, Sergio fue tu ángel de la guarda en esa ocasión? Las maldiciones de las brujas te perseguirán.

Oh, Dios mío, ese vehículo viene con las luces altas encendidas. No veo nada… (Grita) ES UN CAMIÓN. YESENIA CÚBRETE LA CARA. Unos segundos después, se escucha el estridente sonido de un gran choque. El coche rebota, gira, gira y gira; sale de la carretera por el lado hacia el fondo. El coche está volcado, las ruedas para arriba, la gasolina brota del tanque. Las luces aun encendidas alumbran la pendiente, pero luego se apagan.

(SILENCIO)

Todo alrededor es negro. Los espíritus de Juan Carlos y de Yesenia aparecen.

JUAN CARLOS (SU ESPÍRITU)

¿Rayos, que fue? ¿Nos estrellamos? No lo se.

YESENIA (SU ESPÍRITU)
(Gritando atemorizada)
SAL DEL COCHE, SÁCAME. AUXILIO, AYUNDENNOS…

MIENTRAS, EN LA CASA DE HUÉSPEDES.

Las Premoniciones son Ciertas.

El espíritu de Juan Carlos ambula en la sala de estar en la casa de huéspedes, mira a Sergio dormido. Sergio Sueña, con un libro en sus manos. El espíritu agita su energía, produce vibraciones que despertando a Sergio. Sergio despierta sobresaltado, salta del sillón reclinable; toma su cabeza.

MIENTRAS, EN LA CARRETERA

El camionero, Antonio, de 27 años, mexicano, camina por el borde de la carretera.

ANTONIO
"Maldita sea, qué pinche explosión; Estoy aturdido. Hola, ¿911? Reporto accidente; coche golpeó mi camión; gente muriendo, ándale de prisa, por favor. Envío posición. Aquí está el punto donde me golpearon". ¿Qué? Este pinche camión está a cien metros de aquí. ¿Dónde está ese pinche auto"?

Se escucha una gran explosión; Es el auto. Las llamas iluminan el sitio. El humo y el olor a gasolina invade el lugar.

YESENIA (Su espíritu)
(Gritando) AYUDA, AYUDA, SERGIO, AYUDA.

EN LA CASA DE HUÉSPEDES

JUAN CARLOS (Su espíritu)
Está durmiendo de nuevo, ahora lo despierto.

SERGIO
Qué pasa. Siento una corriente fría. Escucho voces pidiendo ayuda. ¿Qué pasa? ¿Será que...? Oh. Dios mío, que no sea eso...

Timbra de teléfono.

Sergio busca su teléfono celular; lo encuentra debajo del sillón reclinable.

SERGIO
Hola; Sí, soy Sergio... Sí... Los conozco… compañeros de escuela. ¿Qué? ¿Cuándo sucedió? ¿Están bien? ¿En qué hospital? Sí, por favor espere (busca la libreta). Hola, hola, sí señor, sus números de teléfonos son...

Sirenas de ambulancias interrumpen. Qué casualidad, se van, yo duermo y en mi sueño veo lo que pasa; me llaman, me dicen lo que soné.

Se viste a toda prisa y se va.

Suena el timbre del teléfono

SERGIO (mientras maneja)
Si, habla Sergio. Capitán Carlson. Si, estoy enterado; voy para el hospital. Si, como no, lo escucho. ¿Qué dice? Les agujerearon la tubería de los frenos. ¿De modo que por eso no pudieron parar? Si, le escucho. Ah, el camión es parte del plan de un intento de asesinato… Bien, espero su llamado, gracias

por avisarme. Sergio acelera su auto, maneja veloz asustado.

HOSPITAL, SALA DE EMERGENCIAS, AURORA.

En la sala de Emergencia al lado de la recepción Sergio espera impaciente. Enfermeras y médicos pasan a toda prisa por las ventanas tras de la sala de la recepción; Caroline, de 25 años, hispana, llega y habla con Sergio.

SERGIO
Buenos días… Sí, por supuesto, Juan Carlos Peña Blanca y Yesenia Flores Rojas. Soy Sergio Do Espiritusantos. Ésta es mi identificación. Si, entiendo… Tercer piso, Sección A, Unidad de Cuidados Intensivos; Gracias por este pase.

EN LA CASA DE RENÉ. ESA MAÑANA.

RENÉ
MIERDOSOS PENDEJOS, no se aseguraron de que estaban muertos. Vayan hasta el infierno si es necesario, pero acaben con su pinche trabajo y manténganme informado.

Hospital Regional. Cerca de las 6:00 a.m.

En el tercer piso, el ascensor abre directamente a una sala de recepción, hay sillas, mesas con revistas y volantes. Al fondo, la oficina de recepción; tras de las ventanas hay escritorios y archivadores a lo largo de la pared posterior del cuarto. Hay gente sentada en el área de espera. Una enfermera, Pati, de 19 años, de origen francés, llega.

SERGIO
Buenos días, ¿eres la recepcionista?

PATI
Buenos días. No, no lo soy; pero puedo ayudarte, ¿quién eres y a quién buscas?

SERGIO
Soy Sergio. Busco a Juan Carlos Peña Blanca y Yesenia Flores Rojas. Aquí está mi pase.

PATI
Sí, él está en 321 y ella en 322. Ésta es tu sala de espera. La enfermera a cargo de la Sección A ya viene. (Señala a la recepción) Su escritorio es el primero a la derecha junto a la puerta de entrada del cuarto de enfermeras. Buen día.

SERGIO
(Para sí mismo) Esta enfermera es amable. El hospital es nítido, impecable.

Angélica Johnson, de 19 años, norteamericana, delicada, bella, llega.

ANGÉLICA
(Caminando hasta Sergio) ¿Estás esperándome? Estoy a cargo de la Sección A. ¿En qué puede servirte?

SERGIO

¡Rayos! eres tan joven. ¿Cómo puedes estar a cargo de una unidad médica tan crítica?

ANGÉLICA

Sí, lo soy, y no es de tu maldita incumbencia saber cómo conseguí este trabajo. Sólo dime, ¿quién eres, ¿a quién buscas?

SERGIO

Perdona… De veras, lo siento. Busco a mis amigos, sus nombres son…

Suena la alarma. La voz de Sergio no se escucha. Después.

ANGÉLICA

Ja, tonto. ¿Cómo puedo saber quiénes son tus amigos si no me das sus nombres?

SERGIO

Si lo hice, Juan Carlos Peña Blanca y Yesenia Flores Rojas. ¿Puedo verlos?

ANGÉLICA

No, no puedes. Él está en cirugía, ella está bajo sedantes. Regresa esta tarde o por la noche. Guarda tu pase; lo necesitas para entrar, si vuelves... Oye, oye, te perdono por esta vez.

SERGIO

Gracias, Angélica, pero, si no estás enojada;
  (Extiende una mano)
Soy Sergio Do Espiritusantos; dime, ¿Estamos en paz? ¿Amigos, para siempre?

Ella sonríe cautivada. Él sale del hospital.

LOS Efectos del Celo y del Odio.

René ataca a Sergio.

AFUERA DE LA UNIVERSIDAD.
10:00. a.m.

En las afueras de la universidad, mucha gente se moviliza, marcha, mientras rezan oraciones y plegarias. Es una demostración a favor de las creencias religiosas. Llevan pancartas que dicen *"Malditos herejes, enemigos de Dios"* y *"Castigo para los hechiceros que despiertan a los muertos"*.

La gente vocifera esas ardorosas consignas. René va con la gente en esa marcha.

RECINTO UNIVERSITARIO.
ESE DIA, 11:00.

Es un típico campus universitario, con mesas colocadas bajo la refrescante sombra de los árboles repartidos en una amplia zona verde. Hay estudiantes sentados en las bancas de dichas mesas, estudiando o descansan. No conocen el propósito de esa marcha. Sergio sabe que esta marcha está dirigida contra él y su intención de encontrar un camino para ir al otro lado a visitar a sus seres amados.

Sergio ha terminado con sus clases matutinas; camina hacia el estacionamiento; ve su reloj de pulsera. Aún tiene tiempo y va a descansar un poco.

SERGIO
Bueno... terminé mis clases matutinas; grabé las clases de Biología Humana y Psicología, Música y Voz. No iré a las clases de esta tarde. Pero, esperaré unos minutos para volver al hospital.

Sergio se sienta a una de las mesas. Piensa, tiene los codos sobre la mesa, sosteniendo su cabeza con las manos. Llora, tiembla, obviamente angustiado.

Muchos de los manifestantes se fueron.

EL ABUELO
"Sé consciente, mantente alerta, algo va a pasar".

SERGIO
No soy fuerte como creía. Soy sentimental; eso no es nada bueno.

Timbre de teléfono.

SERGIO
Hola, papá. Sí. Estoy bien. No, no papá. ¿Cómo los padres de Juan Carlos? ¿Les gustó Brasilia? Bien... Papá, tengo que decirte que Juan Carlos y Yesenia se accidentaron anoche... sí, en mal estado… ¿Cuándo vuelven? Oh, por qué el domingo. ¿Ya terminaron? Está bien… Si, entiendo… Bendiciones, te veo cuando regreses.

Sergio sigue en la mesa del recinto, pensando. Los estudiantes comienzan a salir al patio después de clases.

SERGIO

(Para sí mismo) "Lo que les sucede a mis amigos me recuerda el día cuando perdí a mis abuelos y luego a mi madre. Los echo de menos. Sus recuerdos viven frescos en mi mente. Tengo que encontrar una manera de ir verlos en esa "dimensión después de la muerte".

EL ABUELO

"La vida compleja trae situaciones y condiciones que debes resolver para abrir tu camino. Alerta, protégete".

Sergio mira fijamente el horizonte. Se aproxima la hora de almuerzo. Muchos estudiantes comienzan a salir de sus clases al descanso de medio día. Algunos descansan en los engramados, otros van a las mesas a comer o repasar sus apuntes de clases.

René Armstrong Chávez, de 24 años, cabello rojo, mediano, encrespado; se acerca con tres hombres; caminan al estilo de pandilleros. Uno lleva una tableta electrónica tocando música rap con el volumen alto.

RENÉ

Oigan chicos, este es el brujo, hereje, llorón de quien les hablo. Está enamorado de mi chica. No sabe que esa chica es para mí; (grita) Y SOLO PARA MÍ. Le daremos una lección para que aprenda a no desear lo que no le pertenece… ¿De acuerdo?

René golpea la mesa con el puño. La pandilla acosa a Sergio; toman su mochila; La pandilla la pasa; bailando al ritmo de la música rap. Sergio trata de recuperarla. La pandilla lo golpea. Alguien llama a la policía. René y su pandilla huyen. El capitán Carlson, de 38 años, llega con otros policías. Sergio se levanta; comienza a caminar.

CAPITÁN CARLSON

Deténgase joven, venga, cuéntenos su versión de esta historia, ajá; los nombres de los atacantes. ¿Qué provocó esta pelea? Ajá, ¿son estudiantes?

SERGIO

No los conozco; No creo que sean estudiantes. No sé por qué me atacaron. No quiero presentar cargos contra ellos. ¿Puedo irme?

Los estudiantes se conglomeran alrededor del lugar del incidente.

CAPITÁN CARLSON

Oye, vuelve. Es obvio que esos tipos te buscan por algo; tienen un problema que resolver con vos, ajá. (Mira a la multitud) Escúchenme, ajá, ¿alguien de ustedes vio la pelea? (espera) Ajá, supongo que no.

Una joven, Carlota, de dieciocho años, estudiante de criminología, levanta la mano.

CAPITÁN CARLSON

Ok, dices que tu nombre es (pronunciando cada silaba) Carlota. Ajá; Ok, declara lo que ves y escuchas durante esta pelea. Jura que lo que dices es la verdad, ¿ajá? Entonces, procede; y si te equivocas corrige lo que dices, viste y oíste, antes de firmar tu declaración.

Mientras ella testifica, Sergio se sienta en el suelo.

CAPITÁN CARLSON

Veamos. ¡Aja! Entonces. Dices que la pelea es como el baile de la pandilla Tiburones en la obra Historia del Lado Oeste, ajá cuando pelean con los portorriqueños. Entonces, dices que una chica detrás de ti llama a la policía, ajá. Ajá. Entonces, dices que el baile termina, ajá. Los matones huyen, ajá; yo llego, ajá. Eso es todo lo que tienes que decir. ¿Dónde aprendiste a narrar una pelea de esa forma? Oh, tu papá narra boxeo y lucha libre, ajá. Muy bien, me gusta.

(Pronunciando cada sílaba) Carlota, ven a mi oficina; te doy el trabajo de registradora de eventos. Por favor, firma tu declaración, aquí. Gracias, eso es todo.

Sergio corre hacia el estacionamiento. Manchas de Sangre en su camisa. Pero vuelve a buscar su celular. Carlota está allí con una amiga.

SERGIO

(Para sí mismo) Perdí mi celular en la lucha. Lo perdí aquí, en algún lugar.

Una chica está sentada en la mesa, con los pies en el banco, dice algo.

SERGIO

Lo siento, ¿qué dices? Sí, busco mi celular. Oh, ¿lo encontraste? Sí, ese es el que busco. Gracias, soy Sergio Do Espiritusantos… Escuché tu declaración; lo haces muy bien. Oye, esta es mi tarjeta, llámame, así hablamos ... cuando quieras.

Tratan de matar a Sergio

EN EL CARRO. CERCA DE LAS 11:50 A.M.

Sergio va a toda prisa a la unidad de cuidados intensivos con la esperanza de ver a sus amigos despiertos y fuera de peligro. Sergio conduce rápido rumbo al hospital regional sin notar que un carro ha estado siguiéndolo desde que salió del estacionamiento de la universidad.

EL INTENTO DE ASESINATO.

HOSPITAL, AL FRENTE. 12:15 P.M.

La entrada es una calle privada circular alrededor de una estatua, frente al hospital. Hay carros estacionados frente a la pared del edificio en ambos lados de la entrada. Hay un estacionamiento disponible a unos cuatro carros al lado Izquierdo de la puerta de entrada. Dos personas salen del hospital. Sergio camina a la entrada. Un automóvil entra y abruptamente se detiene haciendo un ruido chirriante con las ruedas frente a esa puerta. Sergio voltea a ver qué pasa. Cuatro tipos salen del auto con pistolas en mano.

SERGIO
(Para si mismo)
¡Diablos locos! ¿Esos tipos otra vez? ¿Quiénes son? Uno dice que le robé a su novia. ¡Qué diablos! Disparan a mí.

Sergio corre, se esconde detrás de un coche de policía estacionado cerca de la entrada. Un policía sale del hospital, pistola en mano, radio encendido, dispara a un agresor.

SERGIO
AYUDA, AYUDA. Ay; Maldita sea, me hirieron; ay.

El policía dispara a otro agresor. Sergio cae al suelo. Un asaltante se acerca a Sergio, a unos diez pies dispara; el cuerpo de Sergio salta. El agresor se acerca más, apunta, el policía ve al agresor dispara al mismo tiempo que el agresor dispara. El agresor cae. Otro policía sale del hospital. Los otros dos asaltantes huyen, este policía dispara, le da al asaltante que va de pasajero.

VOZ DE PARAMÉDICOS (Por radio)
Un tiroteo frente al hospital, hay un joven herido, de unos 20 años; su identificación cuelga de su cuello, es estudiante; está inconsciente; situación vital critica. Un asaltante está muerto, otro herido, no es grave.

CAROLINE (Por Radio)
Paramédicos, lleven a la víctima a ER-1; lleven al asaltante muerto a la morgue, y lleven al asaltante herido a ER-2.

El lugar es para volverse loco, las enfermeras y los doctores corren, los paramédicos piden paso para pasar a los heridos. Las sirenas de las ambulancias que llegan con otros accidentados.

Tres horas después

HOSPITAL, MISMA SALA U.C.I. MISMO DÍA.

La misma sala de recepción. Una señora de pie junto a Angélica espera respuestas.

ANGÉLICA

Lo siento señora; no quise ser grosera. Su paciente tiene heridas de balas en el brazo, la pierna y la cabeza, está en la habitación 316; a su derecha detrás de los ascensores, cerca de la habitación de su hija; Yesenia continúa en coma.

AL DIA SIGUIENTE, SÁBADO 12 OCTUBRE 2024)

HOSPITAL ROOM 316, I.C.U. 7:00 A.M.

En el cuarto 316, mientras Angélica revisa sus signos vitales y cambia sus vendajes, Sergio abre sus ojos, mira a su alrededor. Angélica se sorprende; no espera tal reacción del paciente.

ANGÉLICA

(Asustada dice) *"Calma, no te muevas"*. (Al intercomunicador, repite tres veces.) "Doctor Santos, repórtese al cuarto 316".

El Dr. Santos llega; revisa al paciente y se sorprende igualmente.

DR. SANTOS

¡Es un milagro! No hay daños cerebrales; necesita descansar. Angélica, mantenga el monitor de signos vitales encendido, detenga los otros dispositivos, y mantenga al paciente bajo observación continua por veinticuatro horas. Adminístrele alimentos calientes.

El Dr. Santos sale del cuarto. Angélica continúa su trabajo.

SERGIO

Angélica, no estoy muerto, pero, veo a un ángel cuidándome. ¿Cómo están mis amigos?

ANGÉLICA

Soy yo, tonto; Ya veo que no estás tan grave. En cuanto a tus amigos, Sólo han pasado poco más de veinticuatro horas; aún no hay reacciones a los tratamientos. Sabía que volverías, pero no tan rápido y no en esta forma. Pero volviste de cualquier modo.

SERGIO

Oye, Angélica, ¿sabes algo sobre las experiencias cerca de la muerte?

ANGÉLICA

Personalmente no se mucho. El hospital tiene muchos registros de personas con esas experiencias. No te muevas.

Angélica Sale; regresa con la terapeuta rodando un equipo para ejercicios.

ANGÉLICA

Bien, hagamos pruebas de reflejo muscular en todo el cuerpo.

SERGIO

¿Qué, todo el cuerpo? Bueno, pero, no me culpes por lo que pueda pasar.

Angélica y la terapeuta maliciosamente se miran y ríen.

ANGÉLICA

Tonto, aseguro que te gustará... pero no es ahí. (Después de un rato) La terapeuta hace las pruebas y dice, "*todo está bien, las reacciones a estímulos son normales. Creo que podrás procrear*".

Todos ríen. Sergio también, pero, se queja del dolor.

SERGIO

De acuerdo. ¿Hemos terminado?

La terapeuta rueda un caminador portátil cerca de su cama.

ANGÉLICA

Todavía no. Toma mi mano (ella suspira); levántate a caminar en esta máquina.

Angélica y la terapeuta ayudan a Sergio a levantarse y subir al andador.

SERGIO

Angélica, me siento seguro sosteniendo tu mano. Puedo caminar despacio, creo que sí, pero, siento dolor al respirar y al mover mi brazo. Oye, ¿puedes quedarte sosteniendo mi mano?

ANGÉLICA

(Ella ríe, y habla para sí misma) *"Si supiera cómo lo admiro; cuando me acerco a él tiemblo y suspiro, creo que es obvio cuando lo miro"*. (A Sergio, respirar y moverse causa el dolor, es normal; trata de no mover el torso o el brazo… Traje estos vídeos, pero, promete que los verás en esta habitación y me los devuelves cuando termines de verlos. ¿De acuerdo?

Ella sale con la terapeuta empujando la máquina de caminar. Él la mira fijamente; su voz lo embelesa.

SERGIO

Rayos, estos son archivos clínicos. Son una gran fuente de información. Los títulos numerados dicen, *"Registros de experiencias cercanas a la muerte, por pacientes"*. La introducción en uno dice: *"Al principio se sienten llevados por la oscuridad, en un túnel, a una luz intensa al final. El sujeto se siente cómodo sin dolor; a menudo abandonan el cuerpo y ven su propio cuerpo material"*.

Angélica entra, recoge un portapapeles.

ANGÉLICA

No pierdes el tiempo ¿verdad? Veo que ya estás viendo los archivos.

SERGIO

Sí, son interesantes, gracias por permitirme verlos.

Angélica sale. Sergio abre los archivos y continúa viéndolos.

SERGIO

(Leyendo en voz alta) *Estos pacientes muestran mentes y recuerdos agudos. Rápidamente sienten paz, amor total y/o una sensación de bienestar. Cuando regresan, recuerdan todo o parte de eventos pasados y vislumbran los futuros".*

Angélica regresa. Sergio cierra los archivos y se detiene a pensar, mirándola.

ANGÉLICA

¡Espíritus vivos! ¿Ya terminaste de ver los archivos?

SERGIO

No, aun no. Esos pacientes en verdad cruzan al otro lado. (Para sí mismo) *Voy a tomarle fotos a estos archivos.*

Toma su celular y toma fotos, de cada página de cada archivo.

ANGÉLICA

Tu condición no es crítica, pero necesitas, terapia. Voy a reubicarte al cuarto 330, cerca de la sala de ejercicios físicos. Así podrás caminar solo al gimnasio.

SERGIO

Como sea necesario, Angélica. (A sí mismo) "Si las experiencias cercanas a la muerte ocurren, debe ser posible reproducir las condiciones que las producen; Entonces, es posible ir al otro lado y volver a la vida, como lo hacen estos pacientes, por sí solos".

Segundo intento de asesinar a Sergio

ESA NOCHE, CERCA DE LAS 6:30 PM.

Esa noche de es muy atareada; muchos ingresos a emergencia. Mientras en la Unidad de Cuidados Intensivos, un doctor entra al cuarto 316, pone llave a la puerta. Sale del cuarto se marcha del hospital. Minutos más tarde, una enfermera de turno encuentra al paciente muerto, da la alarma. Los agentes de seguridad llaman a la policía. El piso de la Unidad de Cuidados Intensivos entra en una situación caótica.

El Capitán Carlson llega de prisa con sus detectives; toma control del piso; inicia su investigación del caso.

CAPITAN CARLSON

(A los detectives) ¿Cuál es la situación? ¿Cómo, El paciente muerto en el cuarto 316 es Sergio Do Espiritusantos? Dicen que según los registros y lo que vieron las cámaras de seguridad, eso es. El sospechoso llegó vestido de doctor. Entro al cuarto y asesino al paciente sofocándolo con una almohada. Llamen al padre de Sergio inmediatamente para que haga el reconocimiento. Llamen al Forense y a la morgue para que retiren el cadáver.

Thiago está en Brasil, pero, Luiza llega de una hora más tarde.

En el garaje de la casa de René.

RENÉ

Señores, la cirugía fue un éxito, rápida, silenciosa y efectiva. Esa rata asquerosa ya no va a dar más problemas a mi o al Padre. Ya cobré la muerte de mi amada Yesenia. Pero espero ver el escándalo de los periódicos de mañana. Oye (a uno de los matones), trae una botella de ron, vasos, coca cola y limón. Es hora de celebrar mi victoria.

René enciende el televisor anticipando noticias del hospital, pero, no hay noticias del incidente.

En el hospital, cuarto 316.

Luiza (asustada) entra con el Capitán Carlson al cuarto 316. Un detective levanta la sabana que cubre el cadáver. Luiza, temerosa, mira el cadáver, no quiere ver, no puede hablar… Voltea la cara. Un rato después, llorando, dice algo al capitán Carlson.

CAPITAN CARLSON

Aja, Luiza, vos decís que la víctima no es Sergio. Aja, vos decís que lo conoces bien. (A los detectives) Busquen los registros, averigüen que pasó inmediatamente.

Los detectives preguntan a las enfermeras. Nadie da respuestas. Mientras tanto se sabe que mataron a Sergio en el cuarto 316.

De modo que Sergio está muerto. Hay un muerto, un cuerpo, sin identidad verificada. Los detectives buscan apresurados indicios de su suerte. Las enfermeras, asustadas, corren de un lado a otro, buscando la información que pide el Capitán Carlson o sus detectives. Mientras tanto la seguridad de la Unidad de Cuidados Intensivos aumenta. Nadie puede salir ni puede entrar sin el visto bueno de Seguridad. ¿En verdad Sergio está muerto? Angélica no está en el hospital. Se espera que pueda llegar a UCI en cualquier momento.

CAPITÁN CARLSON

(A los detectives) Aja, Parece que no podemos hacer más hasta que Angélica venga, si es que viene esta noche. ¿Qué más han averiguado?

Los detectives descubrieron que el paciente del cuarto 316 fue asaltado cerca del hospital, transportado y arrojado en frente del hospital de donde lo recogieron los paramédicos. Según los médicos forenses el paciente falleció unos minutos antes que el supuesto doctor lo sofocara con la almohada. El capitán Carlson y sus detectives tienen tres incógnitas: ¿Quién es el muerto? ¿Dónde está Sergio? ¿Es Sergio el muerto?

Después de una hora.

Angélica regresa al hospital para atender esa emergencia.

ANGÉLICA
Capitán Carlson, ¿Qué es lo está pasando?

CAPITAN CARLSON
Según lo que sabemos hasta ahora es que mataron a Sergio en este cuarto. Luiza dijo que el cuerpo que vio no es el de Sergio. Sí Sergio no es el muerto, y no está en este cuarto ¿Dónde está Sergio?

El corazón de Angélica deja de latir por un momento. Está a punto de desmayar, se aferra a la barandilla de la cama. Respira y mira al Capitán Carlson. No concibe que Sergio este muerto.

ANGÉLICA
Espere un momento, por favor.

Angélica corre de prisa a la recepción, y desesperada busca información entre los documentos pendientes de proceso. Toma algunos después de revisarlos y corre de regreso al cuarto 316.

ANGÉLICA
Capitán Carlson, venga conmigo, por favor.

Angélica lleva a los detectives al cuarto 330; busca a Sergio, él no está en la cama. Ella está muy asustada, mira a los detectives, no haya que decir…

ANGÉLICA
(Susurrando) ¿Dónde rayos esta? Dios mío que no esté muerto. (Apurada dice) Voy a preguntar a recepción. (Al intercomunicador)

Hola, ¿pueden decirme si el paciente del 330 está en terapia? (Espera) ¿Como? Que no está ahí…

CAPITAN CARLSON

Entonces, ajá… Este caso se ha complicado. ¿Quién diablos es el muerto?

Angélica consigue la cronología del movimiento de pacientes de esa tarde y sabe la secuencia de eventos.

ANGÉLICA

Capitán Carlson, según estos documentos, a las 5:40 p.m., Emergencia mandan a UCI a un paciente no identificado gravemente apuñalado. El personal de mantenimiento de UCI de inmediato arregla el cuarto 330 para Sergio, de acuerdo a mi orden. A las 5:55 p.m. trasladan a Sergio al cuarto 330. A las 6:00 p.m. ubican al nuevo paciente en el cuarto 316. Unos minutos una enfermera encuentra al nuevo paciente muerto en el cuarto 316.

CAPITAN CARLSON

(A los detectives) Traigan a las personas involucradas en estos traslados, ahora. (A Angélica) deme una fotocopia de todos esos documentos de ingresos y traslados.

Mas tarde, los detectives confirman la veracidad de los documentos y el ingreso y traslado que se efectuaron como Angélica dijo.

Sergio está vivo, pero, no está. Otro detective trae una nota que encontró en el piso del cuarto 316. La nota dice, *"Los Herejes y hechiceros son emisarios del diablo."*

Unos minutos después, Sergio regresa del baño, tranquilo, inocente de lo que pasa.

SERGIO
Angélica, Capitán Carlson, hola. ¿Por qué me miran así, como si yo fuera un fantasma? ¿Qué sucede?

ANGÉLICA
Sergio, bendito sea Dios que estas vivo. Alguien intento matarte en el cuarto 316. Gracias a Dios las enfermeras realizaron tu traslado antes de la hora que les ordené; de lo contrario estarías muerto.

Sergio guarda silencio. Él está sorprendido, pero en su mente cree saber quién puede ser el asesino. Él sólo escucha lo que los detectives dicen.

CAPITAN CARLSON
Angélica, nosotros estamos rastreando las actividades de René y de las células de pandilleros MS-13, una banda criminal internacional salvadoreña que opera en el sur de California. Las recientes manifestaciones en contra de herejes, brujos aumentan, y eso nos preocupa. Sabemos que René intenta eliminar a Sergio.

ANGÉLICA
Capitán Carlson, díganos ¿Como le ayudamos?

CAPITÁN CARLSON

No, Angélica, no es lo que pueden hacer por nosotros, ajá, es lo que nosotros, la fuerza de seguridad y protección, podemos hacer por nuestros ciudadanos y estudiantes. ¿Podemos hablar con Sergio?

ANGÉLICA

Sí, pueden; aquí esta Sergio.

CAPITÁN CARLSON

Gracias Angélica. (Recurre a Sergio.) Nuestra investigación indica que un grupo pandillero liderado por René Armstrong trata de matarte. Ajá, ¿Qué nos decís, por qué es eso? Ajá, los conocés, o ellos te conocen.

SERGIO

No, a sus tres preguntas, Capitán. No son estudiantes, no los conozco, y no tengo relación con ellos.

CAPITÁN CARLSON

René es líder de una célula de pandilleros en esta comunidad. Su padre se casó con una inmigrante ilegal salvadoreña; tiene una compañía de jardinería. Ajá, ¿eso suena tu campana?

SERGIO

No, no hay campana que sonar. No utilizamos servicios de jardinería. Pero en la comunidad... una empresa de jardinería presta servicios en la propiedad de la familia Flores Rojas.

CAPITÁN CARLSON

Ajá. ¿Tu amiga Yesenia Flores Rojas forma parte de esa familia?

SERGIO

Sí, así es. No está insinuando que… Perdón. Estoy confundiendo los temas.

ANGÉLICA

Capitán Carlson, debemos dejar descansar al paciente.

Suena un timbre de teléfono.

CAPITÁN CARLSON

Bueno, sí, escucho… Asiéntalo en los registros del caso. Ajá, gracias, Angélica, sí, por supuesto. (A Sergio) gracias por tus respuestas. Angélica… Ajá, por cierto, hay otros dos estudiantes en la Sección A. ¿Hay alguna manera de ponerlos en habitaciones juntas? Tenemos información de que los matones intentarán matar a Sergio, otra vez. No sabemos qué tan amplio sea su plan; pero, puede involucrar a otras personas que trabajan con él.

ANGÉLICA

Sí Capitán, la habitación 302 al final del ala puede convertirse en una habitación de cuatro camas. Tiene un sólo acceso.

CAPITÁN CARLSON

Ajá, perfecto, trasládenlos de inmediato. Dos agentes custodiarán el acceso. Gracias.

El capitán Carlson se va. Sergio está despierto. El personal de mantenimiento hace los arreglos del cuarto 302. El personal de enfermería traslada a los pacientes a ese cuarto bajo la vigilancia de los detectives y la policía de seguridad.

La Angustia y Confesión de Sergio.

EN EL CUARTO 302. MÁS TARDE DE ESE DÍA.

Sergio desliza las cortinas, camina a la cama de Juan Carlos; está dormido, pero, Sergio le habla de todos modos.

SERGIO

Amigo, vuelve, te necesito; ayúdame a resolver este misterio de la muerte; ayúdame a encontrar una respuesta a mi pregunta, "*¿existe ese otro lado?*"

Camina a la cama de Yesenia. Está inmóvil; tubos y cables conectan su cuerpo a una máquina de soporte vital.

SERGIO

No me gusta verte así. Déjame tomar tu mano (su voz tiembla).

YESENIA (SU MENTE)

"Te escucho querido, pero tus expresiones sentimentales, aunque estimulan mi mente no maneja mi cuerpo. Lo siento. Te amo, pero, no sabes por qué, ni cuál es mi secreto que no puedo revelar".

SERGIO

(Al borde del llanto). Yesenia, vuelve; El dolor en mi alma es más grande que el dolor de mis heridas. Estoy enamorado de ti; No lo sabía. Vuelve, no puedo perderte también a vos. Estoy aquí contigo… Lo siento, mis lágrimas ahogan mis palabras.

Sergio besa su mano; camina a su cama. Angélica regresa al cuarto 302.

ANGÉLICA

¿Qué estás haciendo? No debes esforzarte; tus heridas pueden abrirse… Pero tengo buenas noticias. Los resultados de las pruebas no muestran problemas. ¡Estás bien! Tenes una visita, viene a hacer tus ejercicios corporales.

FIN DE LAS RAICES DEL SUEÑO

RARAS VUELTAS DE LA VIDA

EL SECRETO DE ANGÉLICA.

DOMINGO, 9 DE OCTUBRE DE 2024.

HOSPITAL, CAFETERÍA. MAÑANA.

Típica cafetería de un hospital grande. Es la hora del descanso. Hay mucha gente. Atención centrada en la mesa de Angélica.

                    PATI
Me encantan estos períodos de descanso. Oye, ¿qué te pasa Alicia?

                  ANGÉLICA
¿Oye, porque me llamas Alicia?

                    PATI
Claro, porque tu mente está en el país de las maravillas. Tus ojos brillan; perdida en tus sueños. Qué ocultas… ¿No era que vos no confiabas en el amor? ¿Acaso ya encontraste el amor de tu vida?

ANGÉLICA

Sí, Pati, estoy emocionada, soñando. Un joven, estudiante, ubicado en el cuarto 302, es hermoso, y sus ojos verdes me matan. ¿Qué puedo hacer? Me estoy enamorando de él.

PATI

Estás loca, calmáte chica, baja, aterriza. Te estás metiendo en graves problemas. Es un paciente. Vos no debes involucrarte con un paciente.

ANGÉLICA

No me importa; No puedo resistirme. Ven, vamos. Tengo que volver. Me necesita… Bueno, y yo también lo necesito. Vamos, vamos.

DE REGRESO EN LA HABITACIÓN 302.
JUAN CARLOS SALE DEL COMA.

Juan Carlos despierta gritando, asustado. Los médicos y enfermeras corren, llegan, lo revisan.

JUAN CARLOS
(En pánico)
Dónde estoy, dónde está Yesenia. (Grita) Yesenia, el coche va a explotar. AYUDA. AYUDA.

Sergio escucha los gritos desesperados de Juan Carlos y también la voz de Angélica;

SERGIO
(A si mismo)
"Tal vez lo que está sucediendo es culpa mía. Tal vez los espíritus crean condiciones

para que yo entienda el proceso de la muerte, o quieren que detenga mi investigación.

Sergio camina hacia la cama de Juan Carlos.

SERGIO

Cálmate, hermano. ¿Me reconoces? Soy Sergio, todo está bien. Cálmate, hermano, estoy contigo. Háblame, ¿quieres? Eso es todo, amigo, estás tranquilo. Respira, yo estoy contigo, respira; estás tranquilo; Estoy protegiéndote… ¿Recuerdas? Estás llevando a Yesenia a su casa; hay un accidente.

Juan Carlos deja de gritar y mira fijamente a Sergio. Sergio sigue hablándole. El Doctor Santos llega.

DR. SANTOS

Excelente trabajo joven, debes estudiar psicología, serías un gran médico. El Doctor Santos se marcha; Angélica queda ahí, haciendo su trabajo.

ANGÉLICA

Ok, yo también te dejo, vuelvo más tarde. (A sí misma) "*¡Ah!, cómo me encanta este tipo*".

Angélica gira hacia la puerta, Sergio la toma de la mano, la mira a los ojos.

SERGIO

Quédate, Angélica; es decir, si quieres.

ANGÉLICA
(Ella se sorprende).
Sergio, me haces muy feliz pidiéndome que me quede.

EXPERIENCIAS CERCA DE LA MUERTE.

El espíritu de Juan Carlos aparece, pero, no visten prendas materiales, no son totalmente claras, lucen como si estuvieran detrás de un velo delgado, o quizás en una tenue nébula que no deja ver detalles. Pero, su bella silueta se nota.

JUAN CARLOS
(Recuerda)
Floto por encima del coche. Mi pierna está atrapada, rota, sangrando, no puedo moverme. Pero no siento dolor. Hay mucha gente mirando; se llevan a Yesenia, pero su cuerpo está en el coche. Abro la puerta para sacarla. El camión está lejos del accidente, el conductor está en la carretera. El cuerpo de Yesenia está en la hierba, sangrando. El coche explota. Pedazos del coche pasan a través de mí.

(SILENCIO)

Angélica está allí, mirando y escuchando lo que Sergio dice y hace.

SERGIO
Habla, Juan Carlos, te sentirás mejor; qué más ves esa noche, habla.

JUAN CARLOS

Nos quedamos mirando uno al otro y con una voz dulce, tierna, ella dice, *"Juan Carlos, tengo miedo, quiero ir a casa, quiero ver a mis padres. Ya es tarde, ¿lleváme a la casa, por favor... ¿Estamos muertos?"*

SERGIO

Relájate, hermano, respira, suave, constante, tranquilo. Así es, hermano.

JUAN CARLOS
(Recuerda)

Quiero decirle… pero, me quedo callado; Yo también tengo miedo. No sé si estamos vivos o estamos muertos. Ella vuelve a su cuerpo; yo camino con ella; y vuelvo al mío.

SERGIO

Eres un héroe. Salvaste a Yesenia y te salvaste a ti mismo. Estás en un hospital, en la misma habitación con ella… Y conmigo. Lo peor ya pasó. Descansa, hablaremos más tarde, más tarde, descansa.

Juan Carlos permanece despierto, con sus ojos abiertos, temblando, todavía asustado.

JUAN CARLOS

(Narra) No veo el camino; las luces del camión me ciegan. No veo a Yesenia; su cuerpo está en el auto incendiado. Salto a las llamas. Una voz dice: detente, regresa, tu misión no ha terminado.

Cansado, Juan Carlos por fin duerme; está tranquilo.

SERGIO

Déjame abrazarte Angélica; déjame llorar sobre tu hombro. Deja que mis penas se ahoguen en mis recuerdos. Sé que lo entiendes.

Se abrazan como dos viejos amigos. Ella le habla suavemente al oído.

ANGÉLICA

Sergio, sos muy noble, sabio y delicado. Amo (a sí misma, *querido)* como sos. Amas como nadie más puede hacerlo.

Sergio no responde, sólo piensa.

Ese abrazo parece durar una eternidad. Angélica delicadamente desliza sus manos de las manos de Sergio al separarse. Y sale del cuarto mirándolo. Sergio queda con sus brazos estirados mientras ella se retira despacio.

LLEGAN LOS PADRES DE JUAN CARLOS.

Llegan Thiago, el padre de Sergio, y los padres de Juan Carlos, Horacio Peña, de 48 años, y Cecilia Peña, de 45 años, españoles. Se saludan como viejos amigos.

THIAGO

Sí, aterrizamos hace menos de una hora. Venimos directamente al hospital. Es hora de las visitas, vamos, a ver a nuestros hijos.

Todos ellos caminan juntos al cuarto 302. La seguridad confirma sus identidades y pasan al cuarto.

Al DIA SIGUENTE

Sergio va a ver a Juan Carlos a su cama. Recoge un papel del suelo junto a la mesita de noche. Angélica llega. Sergio esconde el papel.

ANGÉLICA

Buenos días, veo que te sientes mejor. Mañana te darán de alta. Me gustaría visitarte; Quiero ayudarte a mejorar, si me permites.

SERGIO

Sí, por supuesto, visítame cuando quieras, eso me gustaría.
(Recita susurrando)

NADIE EN BUENA FE PUEDE NEGAR
LO QUE UN ESPÍRITU SINCERO OFRECE;
CUANDO DIOS SIENDO SIEMPRE EJEMPLAR
DA SUS TESOROS A QUIEN NO LOS MERECE:
LAS COSAS, SU AMOR, ASÍ POR ASÍ,
A ELLOS, A ÉL, A VOS O A MÍ.

ANGÉLICA

Entonces, tenemos un acuerdo. Ah, ¿Querés tu desayuno aquí o vamos a la cafetería?

SERGIO

No, esta vez no. Prefiero desayunar aquí. ¿Desayunas conmigo?

ANGÉLICA

¡Gracioso! Sabes que no nos es permitido comer con pacientes en sus habitaciones.

Estás haciendo trampa. Nos vemos en un rato. (Hablando consigo misma) *"Oh sí, como quisiera quedarme contigo en cama, todo el día".*

Angélica sale suspirando; Sergio abre el papel. Es una carta de Juan Carlos a Yesenia; comienza a leerla y se sorprende. La carta dice:

"Yesenia,

Mi adorada Yesenia. Muchas veces te he pedido que seas mi prometida sin recibir tu respuesta. Te escribo de nuevo para pedirte que te cases conmigo al terminar este año escolar. Si aceptas, nos vamos juntos a la Universidad del Sur de California, en Los Ángeles, el próximo año. Respóndeme cuanto antes. Te quiero con toda mi alma,

Juan Carlos".

SERGIO

NO, NO, NO, no puede ser; Mi mejor amigo y el amor de mi vida tienen una relación amorosa secreta. Maldita sea, maldita sea el silencio que guardé por meses. Estoy en una encrucijada. No puedo luchar por este amor y buscar la forma de ir al otro lado a ver a mi madre, y mis abuelos, al mismo tiempo. Es imposible… Estoy cansado. Pero, tengo que decidir: Lucho por mi proyecto o por Yesenia.

EL ABUELO

"Tu vida progresa por tus escogencias. En cada cambio de situación o condición de tu camino tienes escogencias, pero, siempre tienes que decidir. Ahora, es tu vida o tu sueño. Escoge lo que te da la mayor satisfacción a tu realización. Las fuerzas de oposición son proporcionales a la intensidad del esfuerzo para tu éxito".

Sergio arruga la carta y enojado la tira al piso. Agotado de tanto pensar queda dormido en su cama. Angélica llega al otro lado en su ronda. Entra silenciosamente al cuarto de Sergio, cierra las cortinas, lo mira con embeleso, suspira.

ANGÉLICA

En verdad te entiendo, querido. Se lo que es amar con el corazón en llamas. Pero, yo puedo ayudarte a curar tus sentimientos, si me dejas. Sergio, despierta, ¿Tienes hambre? Tu comida caliente está por llegar. Espérame, vuelvo en diez minutos.

Angélica sale.

SERGIO

Por qué no pensé que Yesenia y Juan Carlos pudieran tener una relación amorosa.

EL ABUELO

"En verdad, no tienes ninguna razón para estar celoso y enojado. Nunca dijiste nada, a ella o a él; entonces, están en su derecho. Esta situación es tu culpa. No puedes acusarlos de haber hecho algo malo."

Se retuerce en el suelo, con las manos en la cabeza; llora, desconsolado.

SERGIO

Espera, ella siente algo por mí. Ah, por eso ignora su petición. ¿Estoy en lo cierto? ¿Por qué no eligió a ninguno de los dos… Acaso ella juega con nosotros dos?

Diez minutos después, una enfermera trae su cena. Angélica regresa.

ANGÉLICA

Te ves triste, ¿qué te pasa? ¿Qué te pone triste?

SERGIO

Nada, pienso en mi mamá, en mis abuelos y ahora en Yesenia. Se fueron al otro lado. No puedo ir a verlos. Sergio come; exhausto queda dormido.

ANGÉLICA

Si Sergio supiera donde buscar su felicidad, tal vez podría ver que yo la llevo en mi alma.

Angélica baja las luces del cuarto 302 y sale.

YESENIA ESCAPA AL OTRO LADO.

Tres días después

Jueves 13 de octubre.

HOSPITAL, HABITACIÓN 302. 3:20 A.M.

La sala de espera es la misma.

DR. SANTOTOS

Médicos, probamos todos los procedimientos posibles; la perdimos. No hay nada más que podamos hacer por ella. Se ha ido. Que descanse en paz.

Los médicos y enfermeras dicen, *"AMEN, AMEN, AMEN"*. El espíritu de Yesenia sale de su cuerpo, flotando alrededor, está viendo lo que está pasando.

YESENIA

Juan Carlos, estás dormido. Eres muy especial para mí. Te dejo este beso y este abrazo, aunque no los sientas. Estás a mi lado siempre, me cuidas. Yo te amo. El accidente fue mi culpa por apresurarte; Quiero decirte, mi amor es para…

Una enfermera entra al cuarto helado, ve un resplandor que se mueve sobre el paciente; sale asustada a contarles a las otras enfermeras. Aquellas, temerosas, van a ver la luz por la puerta entreabierta.

Suena la alarma; Ellas brinca del susto. El espíritu de Yesenia desvanece.

YESENIA

(Flota a SERGIO) Guardo el secreto de por qué decidí ser tuya con el amor que puedo darte… Pero, pronto tengo que pasar al otro lado. Te lo diré cuando llegues.

Llega el Doctor SANTOS.

DR. SANTOS

Aquí no hay ningún espíritu. Enfermeras, cubran el cuerpo de Yesenia, llamen al forense y a la morgue.

Sergio despierta, escucha al doctor. Las enfermeras entran a regañadientes, y temerosas con los brazos estirados recogen la sábana y tapan la cabeza de Yesenia; salen corriendo. Sergio camina a la cama de Yesenia.

SERGIO

Yesenia, llévate contigo mi alma cautiva a tu gloria. Vives en mi pensamiento para siempre. Mi amor, por mucho tiempo en silencio es verdadero, déjame besarte y abrazarte. Deja que la canción secreta de mi historia amenice tu viaje; y mis palabras repitan la petición de mi alma sincera... "Espérame en el cielo" (de Francisco López Vidal, 1988).

La música comienza a tocar; Sergio canta con voz de tenor, susurrando.

Sergio cae al piso después de cantar. Angélica regresa.

ANGÉLICA

(A sí misma) *Te entiendo querido; Te amo como nadie lo ha hecho antes, mi amor calmará tu dolor con el tiempo, si permites.*

Angélica de rodillas, llora desesperadamente; y sobreponiéndose a su dolor se levanta; toca el timbre. Dos enfermeras llevan a Sergio a su cama.

ANGÉLICA

(Susurros) Este sedante te hace descansar. El dolor que sientes lo siento en mi corazón.

SERGIO SALE DEL HOSPITAL.

DIAS DESPUES.

EN EL HOSPITAL,
HABITACIÓN 302. DÍA.

Thiago espera junto a la recepción. Entra Sergio.

THIAGO
(Susurra)
La espera es larga si amas, y la ausencia es agonía en el vacío del silencio. Ahí viene. (A Sergio) Ya caminas mucho mejor, hijo. ¿Listo para ir a casa?

Los padres de Juan Carlos están allí; miran a Sergio, tan guapo, incluso en estas condiciones. Lo admiran por lo que es y por la forma en que es con Juan Carlos, tan protector.

SERGIO
Sí, papá: es lo que debe ser; ¿Quién puede cambiar el curso de las causas que conducen a su efecto? Sólo espérame; vuelvo en un momento. Sergio regresa a la habitación 302 para despedirse de Juan Carlos.

SERGIO
Hoy me dan de alta, amigo mío. Dios ha cambiado el curso de nuestras vidas, la tuya, la mía y la de Yesenia. Ella escapó al otro lado. Sé que tienes una relación con ella... Yo, después de tu accidente, pensando en su escape a ese otro mundo, sentí que la amaba. ¿No lo notaste? Ni yo me di cuenta de que vos también la amabas. Bien, hablamos más sobre esto cuando salgas.

Regresa con su padre.

THIAGO

¿Qué te llevó tanto tiempo? ¿Listo para salir? ¿Quieres parar a comer? O nos vamos directamente a casa.

SERGIO

No, papá, prefiero ir a casa. Estoy agotado.

EL ABUELO

"Por una razón vienes por otra razón te vas. La muerte de Yesenia y la situación de Juan Carlos son partes de tu vida. Estás en una encrucijada, un punto de inflexión. Necesitas ajustarte para encontrar tu nuevo camino."

Padre e hijo caminan hacia los ascensores. De lejos, Angélica los despide. Las puertas del ascensor cierran y detrás de ellos queda un lugar vacío.

CASA DE HUÉSPEDES. DÍA SIGUIENTE. LAS 4:00 P.M.

Sergio continua su investigación.

El tiempo parece que se detiene para esperar el regreso de Sergio. La misma casa de huéspedes, el mismo arreglo. Las cortinas de las ventanas se abren y la luz del sol ilumina el interior que espera, como un amante espera a su pareja. La casa está lista para nuevas acciones, una vez más. Sobre el escritorio, una pequeña lámpara alumbra una pila de libros. Sergio toma una siesta, y unas horas más tarde despierta reanimado.

Sergio escribe y habla. El espíritu del abuelo siempre anda a su alrededor y lo aconseja.

EL ABUELO

"Hay tres cosas en la vida que debes observar: el propósito que persigues, las acciones que tomas y el método que usas para obtener ese propósito. Las penumbras de tu mente se desvanecen cuando tu alma conoce la Verdad; y esta te libera de las incertidumbres y dudas".

Los pensamientos que de repente fluyen a tu mente; son voces que provienen de más allá de tu consciente. Te traen soluciones a sus problemas y respuestas a sus preguntas, las pidas o no las pidas. Es lo que debes considerar. Esos pensamientos, voces espirituales, o inspiraciones son voces del espíritu a través de la mente inconsciente.

SERGIO

Pero para obtener la Verdad, debo obtener las herramientas y los procedimientos. Debo estudiar.

Sergio entusiasmado prepara sus clases grabadas.

Timbre de puerta.

SERGIO

¡Hola! Angélica, entra; Te estoy esperando.

AUMENTAN LOS PROBLEMAS PARA SERGIO

ANGÉLICA

Hola, Sergio, ¿cómo te sientes? Traje comida china. Hoy caminaremos dos millas, una de ida y una de regreso.

Salen y caminan por el sendero alrededor de la casa, en el bosque.

SERGIO
(Susurrando.) *Verdaderamente, también me siento a gusto con Angélica a mi lado. Pero no puedo. No debería, no, no. Debo ser leal a Yesenia... Así lo creo.*

ANGÉLICA
Regresamos. Puedes soltar mi mano.
(Susurrando) *Pero de veras no quisiera.*
(Mirándolo)

Prepárate para tus masajes.

El sistema de sonido suavemente toca la música, la canción de Céline Dion, el Poder del Amor.

SERGIO
(Su pensamiento - emocional)
HAY CORRIENTES QUE ARRASTRAN TU ALMA...
SON FUERZAS PELIGROSAS, TERRIBLES...
NO PERMITAS QUE TU NAVE SE EXTRAVÍE...
EN UNA TORMENTA QUE NO TRAE CALMA...
HAY UN ESPIRITU QUE APARENTA SER INSENSIBLE...
MAS, LLEVA AMOR, Y SU DULCE BOCA SONRIE.

ANGÉLICA (FUERA DE VISTA)
El jacuzzi está listo. Ven, entra. Voy a preparar la cena.

Sergio entra en el agua tibia de la bañera de hidromasaje. Salen a una colchoneta de goma. Angélica frota los muslos y piernas de

Sergio, uno a uno con crema terapéutica de calor y frío.

SERGIO
(A sí mismo)
Sus manos suaves en lugares sensibles; su tacto delicado y suave excita mi respiración, desata mis suspiros. Mis pensamientos precipitan sensaciones que nunca sentí antes, pero, mi alma ruega por más.

Ella resbala sobre el piso de baldosas de cerámica mojadas; cae sobre él, despertando sentimientos y sensaciones escondidas.

SERGIO
(A sí mismo)
Su piel frota la mía; que sensación tan mágica; Mi cabeza da vueltas.

Angélica lo mira disculpándose, él la abraza. Se miran. Ella lo abraza y lo besa, apasionadamente. En el calor del embeleso se funden en un idilio. Ella recapacita, él sigue soñando.

ANGÉLICA
(Avergonzada.)
Oh, no; Dios mío, (a sí misma) ¿Qué estoy haciendo? No quería que esto sucediera; no así. ¿Qué estoy haciendo? No es intencional. Pero, pero, pero, Oh, pero, Dios mío. No puedo resistir.

El estéreo reproduce de fondo el arreglo "Tócame", de The Doors.

SERGIO (Recita en su mente.)

ASI SUCEDE... UN VOLCÁN ERUCTA... LA TIERRA TIEMBLA BRUSCAMENTE... LLEGA LA PUESTA DE SOL, DISFRUTA… LA TARDE Y EL MISTERIO DE LA NOCHE TE ABRAZA. EL DESFILE PASA, LOS TAMBORES REDOBLAN… ESTÁS LIBRE Y ALIVIADO, BRAVO. EN EL VASTO MISTERIO DEL AMOR, UN BESO ES SOLO UN CLAVO. ¡AH! EL PROPÓSITO Y EL MÉTODO GANAN Y DISFRUTAN LO QUE LOGRAN. CULPA E INOCENCIA SON GEMELAS EN TODO LO QUE UNO DA O RECIBE.

EL MÚSCULO GOZA SU TRIUNFO, INERME... FATIGADO DESPUÉS DE UNA BATALLA, DUERME. RECOMPENSA LA MENTE CON ALEGRÍA SECRETOS QUE QUEDAN DETRÁS DE LABIOS APRETADOS... EL TIEMPO DESDE LA MEDIANOCHE HASTA EL AMANECER ES SIEMPRE LARGO; PERO UNA MAÑANA... SIEMPRE LLEGA DESPUES DEL LETARGO.

Ambos entran en la bañera; caminan al sofá-cama y duermen.

**EN LA CASA DE HUÉSPEDES.
AMANECER, 6:00 AM.**

ANGÉLICA

Sergio; Sergio: Tengo que estar en el trabajo a las siete. ¿Puedes llevarme por favor?

Salen; Él conduce, sin decir una palabra. Angélica también guarda silencio. Pero simultáneamente piensa en lo que sucedió anoche. Fue un despliegue de amor, una entrega total, pero ahora vienen remordimientos que carcomen el alma.

SERGIO
(A sí mismo.)
Me siento culpable: estoy avergonzado; No soy el mismo. Debería concentrarme en Yesenia... Pero... Estoy vivo, amo a Yesenia, pero ella se ha ido; entonces, ¿también yo estoy muerto? Es mi culpa, dejé que sucediera. Angélica es tierna, delicada y apasionada.

ANGÉLICA
(Avergonzada)
Sergio, me siento culpable. Me dejé llevar por mis impulsos que no pude controlar. Tal vez piensas que soy una chica fácil, dominada por el placer; pero no, esto que sucedió es nuevo para mí, es mi primera vez. (Llorando, avergonzado) Olvídame si quieres, pero, no me culpes... Yo te amo.

FRENTE AL HOSPITAL. DÍA. 6:30 AM.

Pasan unos veinte minutos, la vista de la ciudad es de una jornada laboral normal, el tráfico, los semáforos, la gente cruzando en las esquinas, a toda prisa rumbo a sus trabajos. Ellos llegan. Sergio detiene el carro frente al hospital. Unas enfermeras caminan hacia la entrada. Él sale; camina y abre la puerta del auto para Angélica.

SERGIO
Y llegamos... Olvídame, Angélica. No puedo amarte completamente. No soy lo que buscas, cuídate, adiós. Otra persona tiene mente atrapada.

ANGÉLICA
Gracías por todo, Sergio, adiós.

Angélica camina a la puerta, llorando.

REMORDIMIENTOS Y VERGÜENZAS.

Sergio vuelve a la casa de huéspedes, en el escritorio las fotos de su madre, su abuelo y Yesenia lo esperan. Sergio abre su diario; y escribe. El sistema de sonido reproduce "Maldigo tus ojos", - Etta James; seguido de "Difícil es decir lo siento" – de Chicago; seguido de "Por favor, perdóname" – de Bryan Adams. Sergio baja el volumen. Camina, regresa a su escritorio; piensa y escribe.

SERGIO
Mi leal casa de huéspedes, mi confidente, viste mi infancia, mi adolescencia, y ahora mis errores… Sergio mira hacia otro lado, se levanta; camina hacia la ventana; mira a la foresta en la colina. Después de un rato, regresa a su escritorio. Obviamente, algo le molesta. El sistema de sonido reproduce "Jinetes en La Tormenta," de los Doors.

SERGIO
(Frustrado)
Fotos, fotos, solo fotos… Los echo de menos. No puedo ver, no puedo hablar con ellos. Nadie sabe cómo se puede escapar al otro lado, ¿Quién lo sabe? Alguien… por favor, díganme, necesito la verdad sin especulaciones y sin creencias… Que duro muerde este maldito remordimiento.

La música de los "Doors" continúa. Toma y mira una foto de su madre.

SERGIO

Mamá, Angélica me agrada, me cuida, me mima, pero, Yesenia está en mi mente. Sé que nunca volveré a verla, ella está muerta. Y puede ser quimérico el escapar al otro lado. Tal vez no haya otro lado. ¿Acaso lo hay? ¿Quién puede afirmarlo con certeza?

Algo extraño le está pasando a Sergio. Un aura azulada arremolina alrededor de su cabeza.

EL ABUELO

"No podés ver tus pensamientos, no podés tocarlos; pero están ahí. Sólo acciones existen En la realidad física, en todas partes. Pero, en verdad, todo existe antes de llegar a tu mente o ser físico, realidad".

Sergio reflexiona sobre sus pensamientos.

Timbre de teléfono.

Sergio hace un clic en su computadora y ve en la pantalla a Luiza aproximándose a la puerta.

LUIZA (FUERA DE VISTA)
Sergio, vengo con tu desayuno.

Sergio vuelve a trabajar.

SERGIO

¿Cómo puedo demostrar que hay vida después de la muerte? ¿Quién puede probar que esa vida no es ficción? Pero ¿por qué tengo que hacerlo yo? ¿por qué no ustedes? Cierto.

El ABUELO
"¿Podes negar que tienes sentimientos, remordimientos, amor, odio? Tus pensamientos, sentimientos, emociones y similares no son cosas materiales. No las ves, no las tocas. Pero, vives en dos dimensiones al mismo tiempo. ¿Entiendes eso? ¿Podes vos o alguien negar eso"?

Luiza trae su desayuno. Comienza a hacer la limpieza, recoge una toalla y una bata de baño del sofá cama.

LUIZA (FUERA DE VISTA)
¿Sergio, te cortaste? Hay sangre en las toallas y en la colchoneta.

SERGIO
Gracias Luiza. Noté que viniste antes, mientras yo estaba fuera. Por favor, deja el desayuno sobre la mesa. Lo siento, Luiza, no escuche, ¿Qué dijiste?

Luiza repite su comentario.

SERGIO
¿Qué dijo, que hay sangre en una toalla y en la colchoneta? No sé, no tengo ningún corte. (Pausa, recuerda) "Oh, Dios mío. Angélica tiene razón. ¿Qué he hecho? Luiza, vuelve más tarde para hacer la limpieza, cuando termines de la casa principal.

Luiza regresa a la casa principal, sonriendo.

SERGIO
Debo hacer algo al respecto; debo de reconsiderar mi situación, mis pensamientos, mis sentimientos…

Maldita sea, no puedo pensar. Necesito continuar mi investigación; bueno si ese otro lado existe. Pero… si todo esto no es nada más que una creencia, entonces, aceptaré que Yesenia es solo un recuerdo, y la realidad está aquí, conmigo.

Timbre de teléfono.

SERGIO
Hola, Pati, ¿qué está pasando? ¿Realmente? Eso es genial. Sí, por supuesto; Allí estaré.

JUAN CARLOS SALE DEL HOSPITAL

El mismo hospital, la misma sala de espera. El espíritu del Abuelo dirige su energía a la Mente de Sergio.

EL ABUELO
"La vida está sujeta a situaciones y condiciones, sigue la infalible ley de causas y efectos de la Existencia. Por algo pasan las cosas – y ese algo, intangible e invisible, da resultados que son tangibles y visibles. Eso afecta tu vida, pierdes o ganas, dependiendo de tu atención a esas situaciones y condiciones – vive en alerta".

HOSPITAL REGIONAL (I.C.U.). 12:00 P.M.

Las visitas entran, las enfermeras y los médicos corren por el pasillo.

JUAN CARLOS
Hola, mamá, papá. Estoy muy contento de verlos. Estoy saliendo de aquí. Déjenme

abrazarlos. Me siento bien, un poco cansado. Nos vamos a casa.

Sergio espera su turno.

SERGIO
Hola, amigo mío, ¿cómo estás?

JUAN CARLOS
No sé. Casi escapo al otro lado, ¿ja? Pero, debe haber una poderosa razón por la cual me quedo. Ayúdame a averiguarlo. Necesito descansar unos días. Ya sé que Yesenia…

SERGIO
Ok, vaya. Llámame cuando te sientas mejor,

Juan Carlos y su familia caminan hacia los ascensores, conversando.

Sergio se despide, pero queda atrás en la sala de espera.

FALSOS SERVICIOS PARANORMALES

CASA DE HUÉSPEDES. CERCA DE LAS 5:00 P.M.

Timbre de teléfono.

SERGIO
Hola, ah, por supuesto; todavía sigue en pie. Estoy aquí. Entonces, los espero.

Sergio carga sus grabaciones de los archivos del hospital en su computadora.

(Voz en la grabación) *"Hay recuentos de experiencias cercanas a la muerte contadas por personas que mueren y regresan; especialmente en los hospitales"*.

EL ABUELO

"Hay un estado de cuerpo y mente, un umbral, un punto de ruptura entre el cuerpo y el espíritu, que marca su separación. Esta separación depende del nivel de energía en el cuerpo. Si las personas tienen suficiente energía vuelven a la vida y de lo contrario, la persona escapa a" …

Timbre de teléfono.

SERGIO

Hola, hola; ¿Quién habla? Sí, soy Sergio Do Espiritusantos; oye llamaste hace un rato. ¿Por qué vuelves a llamar? Sí, esta noche, eso dijimos.

Sergio sigue estudiando. Aproximadamente una hora después, llegan el espiritista y su médium. Parecen llegar tarde o tener prisa por hacer su trabajo. Establecen y comienzan su ritual, sin perder tiempo. El espiritista, Yamir Kumar Patel, de 36 años, y su médium, Mishka Mali Paramar, 24, con ropa típica india. Sergio sigue el ritual. Al final, la bella Mishka yace semidesnuda en el sofá cama. Las velas iluminan la habitación. Una voz parece venir del cielo; el espíritu pregunta, Sergio responde preguntas del espíritu.

Afuera, Thiago en su caminata vespertina pasa por la casa de huéspedes.

THIAGO
(Resopla y resopla). El paseo nocturno es bueno.

Adentro en la sala.

SERGIO
¿Qué? No se permite la comunicación con Yesenia. ¿Su espíritu está en un proceso de purificación? Pero…

THIAGO
(Sorprendido) Un hombre se esconde sobre el techo. (Dispara su rifle) Lo derribé. Así Creo.

Al mismo tiempo, dentro de la casa de huéspedes; oyen el sonido del disparo. El ritual se detiene.

SERGIO
Un disparo de arma de fuego; algo pesado rueda sobre el techo; golpea el suelo. Corre hacia la puerta de entrada.

Afuera.

THIAGO
(Grita preocupado.)
Sergio, quédate, no salgas; Le disparé a un hombre que estaba sobre el techo; rodó y cayó detrás de la casa. Voy a buscarlo.

Sergio sale de todos modos.

THIAGO
Maldita sea, dejé caer mi lampara de mano… Oh, ya la encontré. ¿Dónde está el hombre? Maldita sea, se escapó.

Sergio corre a la casa.

SERGIO
¡Rayos! PAPÁ. YAMIR Y MISHKA también escaparon.

Sergio vuelve a salir.

THIAGO
Debemos reportar este incidente a la policía.

SERGIO
No, papá, no son ladrones. Son parte de una estafa del medio espiritista.

Se sientan al frente de la casa y hablan un rato. Thiago se marcha a la casa principal.

SERGIO
Buenas noches, papá. Llego más tarde.

Sergio en la casa de huéspedes conecta su computadora portátil al monitor de TV.

Timbre de puerta, Sergio mira antes de abrir.

SERGIO
Juan Carlos, entra. Qué grata sorpresa. Veo que te sientes mejor. Viniste hasta aquí.

JUAN CARLOS
Sí, de hecho, descansar es aburrido, a veces. ¿Qué estás haciendo? ¿Algo emocionante?

Sergio le cuenta la historia de la estafa del espiritista y su médium.

JUAN CARLOS

Es una historia emocionante. Falsos espiritistas se aprovechan de creyentes. Gran negocio, gran estafa… Lo que quiero decirte no es tan emocionante, pero es misterioso. ¿Qué haces?

SERGIO

Preparaba las clases grabadas de Biología Humana y Psicología. ¿Qué quieres hacer, ver una película, comer, beber?

La Verdad de las Maldiciones de Las Brujas.

JUAN CARLOS

Estoy bien; ya cené; no puedo beber debido a mis recetas… Necesito entender algo que me molesta.

SERGIO

Ok, vamos a trabajar en ello, dime.

JUAN CARLOS

La noche del accidente Yesenia menciona, *"el misterio de la noche, la noche de las brujas, cuando sus maldiciones surten efecto;"* y luego dice: *"El encanto de las noches purga a los que no creen"*. Luego, unos segundos más tarde, nos estrellamos.

SERGIO

Realmente no sé, pero…

EL ABUELO

"En tu realidad física todo es o no es. En medio de eso sólo está tu imaginación, tus creencias y tu mente inconsciente. Lo que sabes limita tu realidad. No sabes mucho; tu mente especula, asume cosas rellenando lo que ignoras y así pintar la imagen total".

JUAN CARLOS

Sí, pero ella menciona, *"maldiciones purgando a los que no creen"*, entonces nos estrellamos.

SERGIO

El vínculo entre una maldición y el choque no es claro. Los hechos están en una cadena: la noche, un camino estrecho, un camión grande, las luces brillantes, la niebla, el tiempo, la prisa, el estado psíquico, y el choque. El efecto de la maldición ocurriría, si es cierto, con o sin los hechos. Los hechos, parte de causas, las condiciones que producen el choque, existen con o sin la maldición. Pienso no hay vínculo entre la maldición y el choque.

JUAN CARLOS

Entonces, la realidad es verdad y lo que no se basa en la realidad es falso.

SERGIO

Así es.

EL ABUELO

"Aquí es donde la creencia y fe vienen a llenar el vacío. Pero… las creencias y la fe pueden ser falsas; por lo tanto, si tienen posibilidad de no ser verdaderos, entonces son falsos, porque solo Verdad más Verdad es verdad, y cualquier combinación de Verdad y Falso es Falsa. Entonces, verifica que las premisas sean ciertas para que la conclusión sea Verdad".

JUAN CARLOS

Maldita sea, ES MI CULPA. (Llorando) lo sabía, yo mate a Yesenia. Ella no escapó al otro lado; yo la deporté a la dimensión de los muertos - el otro lado.

SERGIO

No, hermano. Pensemos. Aun si detienes el automóvil en ese punto de la carretera y mantienes las mismas condiciones, el resultado es el choque. Tal vez estabas en el lugar y momento equivocados. Solo Dios puede manipular el tiempo, espacio y movimiento. Una maldición no puede.

SILENCIO, se miran.

JUAN CARLOS

Entiendo, la vida es una jungla de condiciones, situaciones y circunstancias a través de las cuales cortamos nuestro camino. Somos víctimas de la selva, que incluye pensamientos y acciones. (Larga pausa.) Gracias, hablando con vos apaciguo mi mente. Estoy aliviado…. Debo regresar ahora. Oye, no estudies las grabaciones, hagámoslo juntos, volveré mañana.

Juan Carlos sale, Sergio repasa sus pensamientos.

SERGIO

Esos pensamientos. ¿Qué soy un psíquico, un clarividente? Claro que no. ¿Es el espíritu de mi abuelo guiándome? Tal vez eso sea.

(AL DÍA SIGUIENTE, 9:30 AM.)

Timbre de teléfono.

DR. PORTILLO

Buenos días, ¿es este Sergio Do Espiritusantos?

SERGIO

(Sorprendido) Hola. Buenos días, Doctor Portillo. Sí, soy yo; Sí, Sergio Do Espiritusantos. Ah, sí. Entiendo. No, aun no termino esa tarea. Oh. Sí. ¿Cuándo? Está bien, allí estaré, gracias… Adiós.

Timbre de teléfono.

THIAGO

Buenos días, hijo. ¿Cómo estás?

SERGIO
(Emocional)

Sí, ya lo hice… Papá, el Dr. Portillo, mi profesor de psicología, me ofrece una pasantía… El Dr. Santos me recomendó… El trabajo articula con mi investigación. Si papá, lo tomaré… Sí, papá. Así es. Tengo que demostrar mi capacidad investigativa haciendo una tarea que me dio.

ESTRUCTURA DE LA MENTE – EL ALMA.

EN LA CASA DE HUÉSPEDES

EL ABUELO

"Cualquier cosa que no es realidad física es irrealidad; todo eso que no vemos ni tocamos. demuestra primero esa irrealidad y el espiritismo cae en su lugar, verdadero o falso".

Sergio busca sus notas y grabaciones de sus clases de la última clase del Doctor Portillo. Busca sus libros de referencia. Haya uno, "Que es el Espiritismo de Allen Kardec.

SERGIO

Interesante tema, por ahora mi tarea viene primero. Mi pregunta original al Dr. Portillo fue "¿cuáles son las tres partes del alma"?

LUIZA

Traigo tu ropa lavada y planchada. ¿Querés algo especial para el almuerzo? Sergio indica "nada".

Timbre de teléfono.

SERGIO

Maldita sea, no puedo empezar. Hola, oh, Juan Carlos. ¿Vienes? Qué bueno... Ok, en dos horas está bien... Sí, está bien... Yo tengo que ir al hospital… Sí, te lo diré cuando vengas. Más tarde.

DESIGNIOS DEL AMOR EN LA INVESTIGACION

UNIDAD DE CUIDADOS INTENSIVOS, 10:00 AM.

Sergio llega al hospital, urgido, como si el tiempo se le acabara.

PATI
Buenos días, Sergio, ¿cómo estás?

SERGIO
Hola, Pati, corriendo contra el tiempo. ¿Cómo estás vos?

PATI
Estoy bien. El Dr. Santos está esperándote. Ven, vamos a su oficina.

El médico sentado en su escritorio, dos sillones reclinables frente al escritorio. Una mesa con revistas entre los sillones. El doctor lo examina.

DR. SANTOTOS
Sergio, tu cerebro no ha sanado, necesitas terapia. Toma estos medicamentos. Habla con Angélica, y regresa en un mes.

SERGIO
¿Puedo elegir mi propio terapeuta?

(Para si mismo) No puedo enfermarme, tengo mucho que hacer. Abuelo, ayúdame.

EL ABUELO

"La Existencia limita tus escogencias, marcando el rumbo de tus pasos. Toma lo que te ofrece y sigue adelante. No esperes; un paso de avance es mejor que ninguno."

DR. SANTOS

Angélica es la persona más cualificada, no te aconsejo que cambies eso. Programa una cita de inmediato.

Sergio regresa a la Sala de Espera. Mira su reloj. Da vueltas, Se sienta, se levanta. Mira el reloj. Pati regresa.

PATI

Toma, estas son tus recetas de nuestra farmacia. Para tu cita, ella tiene tiempo después de las 4:00 P.M. ¿Está bien?

SERGIO

Bien… Está bien, si no hay nada más. ¿Dónde está Angélica?

PATI

Ella está en el Hospital Suburbano II. Dejó esta carta para vos. Y como necesitas descansar después de la terapia, ella hará la terapia en tu casa.

SERGIO

No tengo otra opción, ¿verdad?

PATI

No. Traje este vaso de agua. Toma tus píldoras ahora; sigue la prescripción al pie de la letra, no saltes la dosis. Oye, Angélica llegará a tu casa esta tarde, a las 4:00.

Sergio y Pati se despiden.

CASA DE HUÉSPEDES. DÍA. 11: A.M.

La sala de estar y el cuarto de juego el uno junto al otro. Los personajes pueden pasar a través de una puerta en esa pared divisoria.

SERGIO

¿Qué puedo hacer, qué puedo decirle a Angélica, cuando la vea? Debo volver a trabajar, no puedo perder el tiempo.

Timbre de puerta.

JUAN CARLOS

Hola, Sergio, ¿Cómo estás? ¿qué dice el Dr. Santos?

SERGIO

Hola, Juan Carlos, entra. Tengo una inflamación en el cerebro; está afectando mi visión. Estoy perdiendo el movimiento de mi brazo y pierna izquierda. Necesito terapia inmediata.

JUAN CARLOS

Me alegro de saber que es manejable, pronto estarás bien; pero… debes seguir el consejo de los médicos. ¿Qué vamos a hacer hoy? Dime… (Hablando consigo mismo) *Es el hermano que necesito. Nadie sabe la razón de por qué moriría por él".*

SERGIO

(Emocionado) Primero, tengo que decirte; El Dr. Portillo me contrató como pasante en su oficina de psicología. Necesito hacer una tarea para él. Oh, por cierto, el Doctor necesita más de un pasante. ¿Te interesa?

JUAN CARLOS

Por supuesto; sería genial. ¿Qué hago, con quien hablo?

SERGIO

Dame un minuto. Voy a averiguarlo.

Sergio llama a la oficina del Dr. Portillo.

SERGIO

Hola, oh, Hola Dr. Portillo. Sergio… Sí… Estoy terminando el borrador; en un par de días. Sí… Yo le avisaré. Por cierto, ¿sigue buscando otro pasante? Ok, ok, lo enviaré mañana; Sí, entiendo, 10:00 AM. Gracias, adiós.

JUAN CARLOS

De acuerdo, genial. Escuché, mañana 10:00 AM. Ahora, vamos a trabajar. ¿Ya terminaste tu tarea, tu investigación sobre la estructura del alma?

SERGIO

Si de eso se trata. El reporte sobre la estructura del alma es el requisito para que me den el trabajo de investigación. Voy a redactarlo y lo discutimos mientras escribo la conclusión. ¿De acuerdo? Sergio comienza a escribir.

Alguien viene, hablan y ríen; Juan Carlos corre a abrir la puerta antes de que toquen el timbre.

JUAN CARLOS
Hola Pati, Hola Angélica entren.

Sergio está comenzando a redactar la conclusión de su tarea. Las chicas entran en silencio y toman asiento. Después de un rato.

ANGÉLICA
Hola, Sergio. ¿Hacemos tu terapia primero?

SERGIO
Hagamos el borrador primero. Después de la terapia no tendré ánimo de trabajar.

JUAN CARLOS
Sí. Hagámoslo. Oye, estás sudando, ¿Qué te pasa, estás bien?

EL ABUELO
"Los humanos son híbridos, extraterrestres. Un espíritu entra en cada creatura naciente y se transfigura en un sistema operativo para poder existir en la tierra. Es el alma o centro fundamental (lo que hace al ser) humano. Este sistema es la Mente – Medio Exclusivo, Neutral, Transigente y Experiencial – maneja la vida del ser viviente. La Mente es sobrenatural sin ningún elemento material. Los humanos son seres híbridos, MENTE-HÚMANO (MENTÚMANO), parte mente parte humano".

PATI
(Susurra a Juan Carlos) ¿Qué está diciendo, somos robots extraterrestres?

JUAN CARLOS

No, La Mente es un sistema operativo que configura el cerebro y representa al espíritu que se posesiona del cuerpo material.

ANGÉLICA

¿El alma no es espíritu? Es el centro, un seudónimo del yo interior de cada humano – el sistema que hay dentro del cuerpo operando la maquina humana.

EL ABUELO

"Cuando el espíritu entra en una criatura viviente, la Mente asume el control de las neuronas en el cerebro. Enclava la energía del espíritu en ese ser, animándolo. Es tan importante para la vida del ser que puede llamarse centro, lo que mueve y activa al ser, es decir el alma".

PATI

Entonces, ¿quiere decir que el alma no existe? ¿Es una etiqueta de ese sistema – La Mente? (Susurrando) ¿Está en trance o está borracho?

ANGÉLICA

No, tonta, sus pensamientos aparecen cuando piensa en un tema como ese, a veces, no siempre. Está tratando de averiguar cómo es que sucede eso.

SERGIO
(Su pensamiento continúa)
"La Mente. El Inconsciente procesa, categoriza todo, pensamiento, experiencia

y acción de la vida del individuo, guarda imágenes en memorias del cerebro con todos los detalles y referencias a condiciones de entorno, espacio, tiempo y movimiento. El Consciente maneja la relación del espíritu con el entorno, ambiente o realidad que lo rodea".

PATI

Entonces, de hecho, somos espíritus, y la Mente es el alma de nuestro ser interior. ¿Es eso?

SERGIO

La Mente establece un sistema global de intercambio de datos entrelazados y automático, IDEA, con las neuronas. La Mente instala las funciones principales como el Razonamiento e Imaginación en el Inconsciente, creando una Inteligencia basada en el número de neuronas entrelazadas en el cerebro y el cuerpo.

ANGÉLICA

Sabemos que el cuerpo tiene alrededor de sesenta mil millones de neuronas, dieciséis mil millones de los cuales están concentrados en la corteza cerebral. ¿La Mente los maneja?

JUAN CARLOS

No solo los circuitos complejos y el control de las neuronas interconectadas, sino también las actividades voluntarias e involuntarias que realizan, en tiempo real.

SERGIO

La Mente carga las leyes generales y específicas de la existencia en el cerebro, así como los lineamentos de comportamiento, y anima la vida de seres vivientes. Esas leyes existen antes de que aparezca el universo y cualquier criatura animada. Configura e inicia la Percepción y Concepción. Luego implanta la Conciencia y la Voluntad como funciones de control, y el Ego como función ejecutora de la relación espíritu-entorno.

JUAN CARLOS

Esto no es nada nuevo. Los animales no se dan cuenta por que actúan por sus instintos, y el hombre sólo ve el sistema en plena operación. Es lo que sucede todos los días. Pero, los humanos no piensan en eso, y dan por hecho que somos como somos por naturaleza.

PATI

¡Cielos! Es un trabajo increíble. ¿Cuándo empieza todo esto?

ANGÉLICA

Eso es un tema aparte, pero según nuestro profesor de Biología Humana, eso sucede en el instante que un esperma fertiliza un óvulo, durante los primeros días de un cigoto.

JUAN CARLOS

La Mente es un programa predefinido, que se descarga, configura y activa automáticamente en cada persona. Podemos decir, los hombres somos creados iguales; no porque lo diga una Constitución Política.

PATI
No puedo creerlo. ¡Fenomenal!

Sergio sigue su trabajo con dificultad, el computador está sumamente lento; Juan Carlos se aproxima.

JUAN CARLOS
(Grita) Sergio, detente, para… (susurra al oído de Sergio) tu computadora esta intervenida. Alguien está viendo lo que haces. Busca micrófonos escondidos en esta casa. Déjame trabajar en tu computadora.

Sergio, Angélica y Pati buscan y encuentran micrófonos escondidos. Juan Carlos encuentra y cierra el acceso remoto de una computadora interventora.

SERGIO
(Al teléfono) Buenas tardes Capitán Carlson, encontramos micrófonos clandestinos en mi casa. Un dispositivo remoto desconocido entra a mi computadora… Si, Capitán, tenemos datos… Está bien, los espero.

JUAN CARLOS
(Susurrando.) Silencio. Amigos, tranquilos, no hagas tanto escándalo, por favor.

SERGIO
(Continúa su pensamiento.)
"La Mente revela una estructura interna de tres funciones superiores: Ego, Conciencia y Voluntad. Estas regulan el comportamiento del híbrido en la Tierra, sin contar con

los instintos, ya que estos son impulsos o reacciones inconscientes, naturales".

Luiza entra gritando, Juan Carlos salta.

JUAN CARLOS
Hola, Luiza, por favor espera, le diré a Sergio para que te llame cuando termine.

SERGIO
"La Mente configura esas tres funciones y las convierte en el núcleo de la entidad híbrida, el centro operativo, lo esencial o sea el alma, de un ser único e independiente capaz de elegir, decidir y actuar por sí mismo. El Ego, es la función que enlaza al espíritu en el cuerpo con el ambiente o entorno externo".

ANGÉLICA
Tiene razón, eso es lo que somos. Seres egoístas, egocéntricos, no nos importa el resto. En verdad, ni siquiera para nosotros mismos.

JUAN CARLOS
Calma, espera, déjalo que termine.

SERGIO
(Su pensamiento sigue)
"La Conciencia es la segunda parte del Alma, mantiene las reglas de la Existencia, las cualidades morales de un ser humano justo, las cualidades del bien y del mal, de lo justo y de lo injusto. La conciencia compara las

leyes morales de la vida con el comportamiento de las criaturas vivientes".

El Odio y la Saña andan juntos.

MIENTRAS EN EL GARAGE DE LA CASA DE RENÉ.

René y su pandilla preocupados trabajan en una computadora de escritorio.

RENÉ

Maldita sea perdimos el enlace y también la señal de audio-sensores. Ya no sabemos qué está pasando en esa casa. Este maldito aparato está más lento que mi abuela de cien años. Vengan, inútiles, vean que le pasa a mi computadora... Arréglenla, pero ya.

EN LA CASA DE HUESPEDES.

Timbre de teléfono

SERGIO

Helo, Si, Capitán Carlson, soy Sergio... ¿Que, René entra en mi computadora? Si. Entiendo... no, no levante cargos... debemos esperar.

Los chicos regresan a trabajar. Todos escucharon esa conversación y están al tanto de lo que pasa.

ANGÉLICA

Entonces, ahí es donde generamos nuestro sentimientodeculpa, vergüenza, remordimiento, etcétera.

PATI

Pero, todo esto ocurre naturalmente. ¿Por qué necesitamos repetirlo, haciendo un escándalo de eso?

JUAN CARLOS

Tienes razón. Sucede naturalmente. Pero el punto es, ¿Cómo sucede? ¿Por qué la Mente se autoconfigura de esta manera? ¿Quién lo hace, cual es el propósito? La configuración de la Mente muestra que hay una inteligencia superior capaz de diseñar un sistema vivo definitivo.

ANGÉLICA

Cierto, lo damos por hecho; no preguntamos. Pero, es algo que debemos saber. Si establecemos la existencia de espíritus, o un Gran Espíritu, entonces, entendemos el propósito y tiene sentido estudiar qué hay ahí, al otro lado.

PATI

Pero... sí un Gran Espíritu con una inteligencia Superior nos hizo a su imagen y no es de esta dimensión física, somos extraterrestres. Claro, el humano es el animal escogido como especie predominante en la Tierra. Somos extraterrestres; por tanto, ET es nuestro hermano (risas).

SERGIO

Finalmente, la tercera parte de la Mente, la Voluntad procura enforzar las leyes de la Existencia. La Conciencia vive en la mente inconsciente, trabaja sin descanso desde que nacemos; juzga ideas y acciones del Ego.

El Ego es el elemento principal de la mente consciente: es el constructor; utiliza el cuerpo humano para realizar acciones.

PATI

De modo que la Voluntad toma las reglas morales de la Conciencia y las leyes de la Existencia y hace que el Ego las cumpla. La Conciencia y la Voluntad trabajan en ambos lados, las mentes inconscientes y conscientes.

ANGÉLICA

Las criaturas animadas tienen sus límites. Los animales actúan o reaccionan según sus instintos. Las plantas actúan o reaccionan a las influencias ambientales. El humano actúa de acuerdo a sus sentimientos, emociones, razonamiento, decisiones y escogencias.

PATI

Sí, hay una enorme diferencia entre los humanos y el resto de las criaturas animadas. ¿Es esa la constitución completa de la Mente?

SERGIO

Hay un cuarto elemento funcional, la Sabiduría (Sapiens), que no incluyo en el informe al Dr. Portillo. Ok. Terminé; Mañana enviaremos esta tarea. Espero que este informe sea de su agrado; así puedo conseguir la pasantía que ofrece. Sí, eso es todo.

JUAN CARLOS

¡Bravo! ¡Único! Este es el núcleo de decir: "Conocerás la verdad y la Verdad te hará libre".

PATI

¡Recórcholis! La gente no ve la vida de esa manera. Es una conclusión contundente, poderosa, convincente.

Fuerte acoso de Creyentes.

Timbre de puerta.

Angélica abre la puerta, buenas noche padre Jorge.

EL padre mira el salón buscando a Sergio o viendo que ocurre ahí adentro.

PADRE JORGE
Ven a ver a con Sergio Do Espiritusantos.

SERGIO
Pase, Padre Jorge, ¿bienvenido a mi humilde lugar?

PADRE JORGE
Hijo mío, nuestra parroquia sabe que vos y tus amigos están estudiando que hay en el mundo de los muertos. Nos gustaría ayudarte a entender nuestros conceptos, cielo, purgatorio e infierno. Esos son lugares reales que existen para los espíritus. Queremos protegerte. No queremos que nuestros seguidores piensen que están en algún tipo de brujería o en actividades de brujo.

SERGIO
Si, padre, las noticias, como los chismes, corren rápido, especialmente cuando unos espían a los otros. Padre Jorge, muchas gracias.

Pero mi propósito no es probar o refutar la existencia de estos lugares. De hecho, si quiero escapar al otro lado es porque creo que este otro lado existe. Mi búsqueda es encontrar una manera de ir y volver.

PADRE JORGE

Pero... ¿Por qué quieres ir ese lugar? Eso no se puede hacer, sólo tu espíritu puede entrar en el cielo cuando salgas de este mundo material.

SERGIO

Bueno, padre, perdí a mi abuelo y a mi abuela, a mi madre y, más recientemente, a mi mejor amiga. Los echo de menos a todos ellos.

PADRE JORGE

Sí, hijo mío, ellos se han ido y ahora están descansando en paz. ¿Por qué quieres perturbar sus Santos descansos?

SERGIO

Mi amor por ellos no muere porque ellos lo hicieron; y porque los amo, los extraño mucho; Y como los extraño, anhelo verlos, hablar con ellos. Además, sé que ellos no eligieron su muerte, ni las condiciones o circunstancias que han provocado su escape al otro lado.

PADRE JORGE

Pero, debes dejar sus almas solas en su paz eterna, y buscar tu resignación.

SERGIO

Sí, desearía poder hacer eso. Pero, mi amor por ellos está más allá de mi resignación.

Dígame padre, ¿es pecado tratar de verlos y hablar con ellos?

PADRE JORGE

No, no lo es. Pero la Iglesia puede pensar que te rebelas contra la Creencia, y hasta puede excomulgarte.

SERGIO

¿Quién es la parroquia, la Iglesia? Si, Padre Jorge. Recuerdo el conflicto con mi catecismo. De pronto todo estuvo bien y tome mi primera comunión. Dígame, ¿los fieles a las otras religiones Abrahámicas son pecadores? ¿Irán al infierno? Padre Jorge, usted puede ayudarme, asegurando que, hay un cielo donde van las almas después de la muerte.

PADRE JORGE

Sí, nuestra religión considera la existencia de estos lugares, y el propósito de cada uno de estos.

SERGIO

Gracias padre, me ha ayudado. Ahora sé con certeza que el otro lado existe. Yo quiero ir a ese lugar y volver… Usted lo ha confirmado. Ahora, mi trabajo se reduce a encontrar una manera de cruzar a ese lugar después de la muerte.

PADRE JORGE

Veo que no se les puede persuadir para que abandonen su búsqueda. Me voy ahora. Pero les digo, que son responsables de las consecuencias de sus acciones, y de la reacción de los millones de creyentes a los que puede que no les guste lo que están haciendo.

SERGIO

Tiene razón Padre Jorge. Usted sabe que el azuzamiento a los creyentes ya comenzó. Al frente camina René, quien ya intentó asesinarme dos veces. Sólo gente llena de maldad, como René, puede dirigir a las masas en contra de nosotros. Lo que no entiendo, pero pienso descubrir, es quien azuza a René. Por lo anterior, tomo lo que dijo como una advertencia no como amenaza. Mi consciencia está limpia pensando que no es pecado tratar de ir a ese lugar que hay después de la muerte. ¿Puedes darnos su bendición antes de partir?

El Padre Jorge los bendice y se va.

Los chicos están sorprendidos con la visita repentina del Padre Jorge, en particular minutos después de la llamada del Capitán Carlson.

PATI

¿Qué es lo que el Padre Jorge busca en realidad?

ANGÉLICA

Quizás la Iglesia no quiere que sus fieles busquen más allá de lo que la Iglesia quiere que sepan.

JUAN CARLOS

Concuerdo con Angélica, la pasividad de las masas es la tranquilidad de las creencias.

SERGIO
No piensen así. Piensen en que las Iglesias (las cinco grandes religiones) basan sus doctrinas en un gran espíritu, Dios, al cual se someten y rezan de una forma u otra.

LOS ERRORES SE PAGAN EN LA VIDA.

Las chicas salen de la casa; y al vuelven.

Timbre de puerta. Juan Carlos corre.

JUAN CARLOS
(En broma)
Hola, entren señoritas. ¿Puedo tomar sus abrigos?

Ellas no tienen abrigo. Juan Carlos hace la mímica que toma sus abrigos; ellas siguen su juego.

PATI
Hola, Juan Carlos, Hola, Sergio. Es un gusto verte de nuevo... no como paciente... ¿Cómo estás?

ANGÉLICA
Hola, chicos, estoy tan feliz de verlos juntos, trabajando, como en los viejos tiempos.

Sergio inicia un juego dramatúrgico, Angélica entra en el juego. Pati y Juan Carlos son la audiencia.

Conflictos de Amor

SERGIO
(Juguetón)
Bienvenidas distinguidas damas, siéntanse en casa mientras preparo la mazmorra de mi castillo para mi propia tortura.

ANGÉLICA
Excelente, percibo que, al menos, tu humor normal ha vuelto. Soy tu torturadora; prometo hacerte miserable cada segundo.

Pati entiende la metáfora. Juan Carlos no entiende, pero sigue el drama. Angélica sigue el juego de Sergio.

SERGIO
LIDERA EL CAMINO... HAZ LO QUE DEBES HACER
MÁS SÓLO A MI CARNE Y CADA HUESO;
MI ALMA NO, ESTA NO LA TOCAS, DEBES SABER;
LA RESERVO Y DOY EN CONFIANZA, POR ESO,
A QUIENES HACE YA DIAS SE HAN IDO.
TÓMA TU TIEMPO, AUNQUE NO TENGA SENTIDO.

ANGÉLICA
VEN, USARÉ MIS HERRAMIENTAS DE TORTURA,
SOBRE QUIEN LAS REGLAS ROMPER PROCURA,
AQUEL QUE LLAMA FRIO AL CALOR.
ARROJANDO DUDAS SOBRE EL PURO AMOR.
VEN, TRAIDOR, A DESEAR TU MUERTE,
QUEMARÉ TU ALMA, ESA ES TU SUERTE.

SERGIO
PERO, QUE SEPA EL MUNDO
QUE A NADIE HE TRAICIONADO.
JUZGAS CULPABLE MI AMOR PROFUNDO,

MI SUEÑO, EL SER QUE AMO Y YA SE FUE.
TU JUSTICIA CIEGA NO PUEDE VER, LO SÉ
SOY INOCENTE, NO COMENCE ESTE ASUNTO.
LA VERDAD ES LA EVIDENCIA DE ESTE PUNTO.

ANGÉLICA
LA JUSTICIA ES CIEGA, ESO ES CIERTO,
PERO ELLA VE A TRAVÉS DE SUS OJOS VENDADOS
¿EFECTOS DE UN ACTO? UN FUTURO INCIERTO.
LOS EFECTOS POR SUS CAUSAS SON SAGRADOS
EL TRIBUNAL, SOBRE EL CASO QUE TENEMOS,
TE HAYARA CULPABLE, VOS Y YO LO SABEMOS.

JUAN CARLOS
¡Bravo, estupenda actuación!

PATI
Ustedes son geniales cuando actúan juntos.

Angélica y Sergio se inclinan; salen por
la puerta de la pared divisoria a la sala de
juegos.

En el cuarto de juegos, mientras Angélica
hace la terapia, en privado, el argumento sigue.

ANGÉLICA
Lo que se hizo en el pasado no vuelve. Creo
que no es ni mi culpa ni la tuya.

SERGIO
¿Lo provocaste a propósito?

ANGÉLICA
¿Como te atreves a decir eso? ¿Qué base
tienes? ¿Acaso ahora lees mi mente?

SERGIO

Vos caíste encima de mí, no yo.

ANGÉLICA

Fue un accidente. Pero, vos no dijiste que no.

SERGIO

Me abrazas y me besas, me acaricias. ¿No fue así?

ANGÉLICA

Vos dejaste que todo pasara, bueno, y yo también. Está hecho.

SERGIO

Eso es cierto, lo admito. Pero no debimos hacerlo.

ANGÉLICA

El hecho permanece. Realmente te amo. pero, vos no me amas.

SERGIO

Me opongo, su señoría. Ella especula, no tiene pruebas de lo que dice; que lo demuestre.

Ella lo abraza, él también; hacen las paces. Sus risas se escuchan a través de la pared divisoria. Cuando terminan, vuelven al salón.

ANGÉLICA

Ok. Pati, ya terminamos. Podemos irnos, y…

SERGIO

En absoluto. ¿Qué tienen prisa? ¿No pueden quedarse?

Pati mira a Angélica; parpadea.

ANGÉLICA

Bien. nos quedamos, pero sólo porque vos insistís y también porque sos una víctima de mis increíbles torturas, irresistibles. ¿Qué vamos a hacer?

SERGIO

Sí, así es. Ahora, comamos algo. (A su celular) Hola, Luiza, ¿podrías traernos comida y bebidas?

Luiza les trae comida y bebidas; y luego, después de comer.

JUAN CARLOS

Ah, *"con vientre lleno, un corazón contento"*. Puedo trabajar cuando quieras empezar.

SERGIO

Muy bien, trabajamos en la investigación y nos divertimos. Entonces, primero el noticiero,

(Imita a un presentador de televisión. Noticias de última hora: Dos estudiantes de U.S.D., reciben una invitación para ser pasantes en un grupo de investigación de parapsicología.

ANGÉLICA

Impresionante, consiguieron trabajo, juntos, en la misma oficina.

PATI
Maravilloso. Me siento feliz por ustedes
dos. Veo que sois amigos inseparables.

Mas tarde.

SERGIO.
Angélica, es hora de mi paseo; estoy listo.
Pati, Juan Carlos, ahí está el control remoto
de la tele. Allá hay películas. Volvemos en
una hora.

ANGÉLICA
Estoy lista. Vamos.

Ambos saben lo que hicieron, tal vez no
debían haberlo hecho, pero, el amor funciona
de maneras extrañas. Los sentimientos no
siguen la moral de la conciencia.

**EN EL CAMINO CERCA DE
LA CASA. DE DIA.**

Angélica y Sergio caminan por un sendero
alrededor de la propiedad. Mientras Pati y
Juan Carlos quedan charlando en la sala.

ANGÉLICA
La caminata es buena; mejor aún ahora que
ya no estamos enojados. Pero, tenemos que
hablar.

SERGIO
Sinceramente, me gustas; eres la mejor
amiga que tengo. Pero necesito resolver mis
conflictos.

MIENTRAS, EN LA CASA DE HUÉSPEDES.

PATI

He aprendido mucho sobre vos en pocos minutos. Mi historia es simple. Mis padres, una maestra de secundaria casada con un fisiólogo-radiólogo, murieron en un accidente de helicóptero cuando tenía doce años… mis abuelos maternos me llevaron a vivir con ellos. Yo escogí seguir la carrera de mi padre.

JUAN CARLOS

Me gustas por lo que eres, tus sentimientos, valores morales, tu forma de pensar y vivir.

PATI

Y yo admiro cómo sos, la forma en que ves a Sergio, sos un amigo leal, protector, sincero; podrías recibir una bala por él… Angélica es mi prototipo, y como vos haces con Sergio yo lo hago con Angélica.

EN EL CAMINO.

ANGÉLICA

La vida es la reacción a situaciones, condiciones de la Existencia, en cada momento, pero, se desenvuelve a su manera.

SERGIO

Pero... si no entendemos su propósito, nos equivocamos y sufrimos las consecuencias.

ANGÉLICA

¿Leíste mi carta? Supongo que no. (Ella recuerda lo que dice en esa carta)

Estimado Sergio.

No puedo describir lo que estoy pasando en estos días con mis sentimientos. Te extraño. Estoy enamorado de ti. Lo sé. Me culpas por lo que sucedió aquella noche. Pero, sucedió, no fue mi intención ni mi propósito. Cierto, no pude controlar mis sentimientos y mis impulsos, y no me arrepiento. Te di mi amor. Es mi primera experiencia. Me duele el corazón, no me cierres la vida. Por favor, háblame.

Yo te amo.

ANGÉLICA".

Sergio se detiene, se aleja de ella, mira al horizonte por un buen rato, Angélica de pie mirándolo. Sergio en voz baja recita.

SERGIO

LEÍ TU CARTA; EXPLICITA DICES LA VERDAD
PERO, LO CORRECTO O INCORRECTO,
ES CONSECUENCIA Y REALIDAD
DEL COMPORTAMIENTO PERFECTO.
EL VERDADERO PUNTO, LA ESENCIA,
ES LA MORAL DE LA CONCIENCIA.
¿QUIÉN PUEDE DECIR QUÉ ES LO MEJOR?
PARA ELLOS, PARA VOS, PARA MÍ.
¿QUIEN PUEDE DESCIFRAR EL AMOR?
NADIE SABE LO QUE LLEVA EN SI.

ANGÉLICA
ESE PUNTO DE VISTA ME GUSTA.
EN REALIDAD, LA VIDA ES ASÍ.
NO HABLEMOS MÁS, EL PORVENIR ME ASUSTA
PUEDE SER QUE NO SEA PARA VOS NI PARA MI.
SI LO QUE SIENTES ES VERDAD, VEREMOS
MAÑANA UN NUEVO DÍA, MÁS BRILLANTE.
FIN DE LA HISTORIA. CAMINEMOS.
FELICIDAD ES GLORIA, ESTA AHÍ, ADELANTE.

La emoción explota, las lágrimas de felicidad brotan. Ahora, ambos entienden que se aman; se abrazan y besan con locura.

SERGIO
Sí, vamos, Angélica, vamos, terminemos este paseo.

MIENTRAS, EN LA SALA DE ESTAR.

JUAN CARLOS
Recuerdo aquel verano en el Parque Disney World. Fueron, aun son, días dolorosos, cuando perdimos a mi hermana Jennifer. Todavía escucho en mi mente los gritos de mi madre, llamándola desesperada.

Juan Carlos le cuenta a Pati toda esa historia. Ella se inclina y lo abraza. Él llora).

JUAN CARLOS
(Sigue hablando) La policía hizo lo que pudo; esperamos en el hotel hasta que nos dimos cuenta de que no se podía hacer nada más. Sergio fue mi apoyo, aunque tenía sus propios sufrimientos. Él es el hermano mayor que no

tuve. Hicimos un juramento de solidaridad permanente.

PATI

Esa es un hermoso sentimiento de hermandad, como hay pocos. Entonces, es por eso que están tan cerca el uno del otro. Entiendo. (A sí misma) *Me pregunto cuál es la probabilidad de encontrar a su hermana, si es que está viva*.

Angélica y Sergio regresan, y encuentran a Pati abrazando a Juan Carlos mientras él llora.

ANGÉLICA

¿Qué pasa, por qué llora?

PATI

Él está bien, sólo recuerda el día en que su pequeña hermana se perdió en Disney World.

Sergio no dice nada y camina hacia Juan Carlos. Pone su mano sobre su hombro y en voz baja le dice.

SERGIO

Está bien, hermano, eso fue hace mucho tiempo. (Susurra al oído) *Yo te cuido y tú me cuidas de ahora y siempre, pase lo que pase. Sos mi hermano*.

SERGIO

Pati y Angélica, ¿quieren hacer palomitas de maíz y preparar unas copas? (Mirando a Juan Carlos) ¿Estás bien? ¿Quieres ver una película?

JUAN CARLOS

No, gracias; me duele mucho recordar, pero, estoy bien. Tomemos un descanso y luego vamos a trabajar.

HORAS MAS TARDE.

ANGÉLICA

Pati, es hora de marcharnos.

SERGIO

¿Qué dicen? Quédense y ayúdennos a terminar el informe para el Dr. Portillo. ¿No quieren?

Pati mira a Angélica; ella asiente y se quedan.

SERGIO

Juan Carlos, ensayemos el viaje, ya que estamos todos aquí. ¿De acuerdo?

Todos consienten y así lo hicieron, Sergio viajó al otro lado, sólo tomó diez minutos sin contactos con ningún otro espíritu que el de su abuelo y de su madre. Luego regresó fácilmente.

JUAN CARLOS

El sistema está listo, sólo necesita un ajuste de los sistemas de comunicación inalámbrica para integrar los nuevos transmisores y cámaras.

ANGÉLICA SOLUCIONA SU PROBLEMA.

PATI

¡Santo Cielo! ESO FUE SENSACIONAL... ASOMBROSO. Escapa al otro lado y regresa. Como en una película...

Luiza llega y acompaña a Angélica y Pati a la casa principal. En su dormitorio, charlan.

Angélica, ¿por qué estás intranquila? ¿No sos feliz?

ANGÉLICA

Sí, estoy muy contenta, pero, estoy preocupada. Soy víctima de la ley de causa y efecto de la que nadie puede escapar. No sé cómo reaccionará cuando le diga que estoy... Bueno, ya sabes.

PATI

No te preocupes. Sólo escucha a tu espíritu; la verdad es la verdad y nadie puede doblegarla. Díselo. Fin de la historia.

ANGÉLICA

Ese es el punto. ¿Qué pasa si no quiere un hijo? Lo amo y no quiero perderlo. Sí, soy consciente de que sabe que Yesenia ama a Juan Carlos. Eso es doloroso para él. Además, está empecinado con su proyecto. Esperaré.

PATI

¿Por qué esperar? Manda al diablo los secretos. ¿Por qué tiene que ser así? Guardar secretos no ayuda en nada; complica las cosas. Tenes que ser franca, habla y asume las consecuencias. De todos modos, ¿Hiciste las pruebas?

ANGÉLICA

Sí, sí, sí; muchas veces, y siempre sale positivo. Rayos, ¿qué puedo hacer?

PATI

Bueno, no lo vas a resolver esta noche. Vamos a dormir. Mañana es otro día. Buenas noches.

ANGÉLICA

Supongo que tienes razón, vamos a dormir. Buenas noches.

MIENTRAS, EN CASA DE RENÉ. 9:00 A.M.

LA VENGANZA DE RENÉ.

René está furioso.

RENÉ

Ustedes son tan malditos estúpidos; son tan ineptos que se vuelven inútiles. ¿Cómo en el maldito mundo los dejo desperdiciar mi puto tiempo y dinero? No pueden terminar un simple trabajo. Él está vivo, ÉL ESTÁ VIVO, VAGA COMO UN PÁJARO.

Dispara su arma al techo. Dispara un segundo tiro entre las piernas de uno de los miembros de su pandilla.

RENÉ (Continua)

La próxima vez será para sus putas cabezas, si fallan. NO MÁS ERRORES. Esperen hasta que se instale y termine su trabajo allí mismo en su casa. Estudien su sitio, formas de entrar y salir. Encuentren una segunda ruta de escape en caso de ser necesario. ¿ENTENDIDO?

Los pandilleros asienten, aprobando su plan. Salen como almas que se lleva el diablo.

EN LA CASA DE HUEPEDES.

El ABUELO
"No sueñes un camino limpio para vos y quienes te rodean. La vida es una lucha diaria; fracasas, y triunfas. Todo pasa de acuerdo a situaciones, condiciones y circunstancias Nada está predeterminado. Tu vida es de decisiones y acciones que tomas, mientras talas tu camino en la jungla de situaciones y condiciones con herramientas de tu inteligencia. Prepárate para lo que venga".

Timbre de puerta.

Juan Carlos despierta corre para abrir.

JUAN CARLOS
Capitán Carlson, pase. ¿Qué lo trae por aquí?

CAPITÁN CARLSON
Ajá, buenas noches, ¿Está Sergio en casa?

Sergio camina hacia la puerta.

SERGIO
Hola, Capitán Carlson. ¿Qué ocurre ahora?

CAPITÁN CARLSON
Ajá. Tu situación es complicada. Por un lado, la asociación de religiosos planea marchas para los fines de semanas. René espiaba tus movimientos y acciones fuera y adentro de tu casa. Ya has encontrado dispositivos. Sabemos que él asesinó al paciente del cuarto 316 creyendo que eras vos. El Padre Jorge desapareció sin rastros. No sabemos cuál

es su relación de René con el padre. René está relacionado con las marchas anti brujos y herejes. Además, sabemos que tratara de matarte… esta noche. Ajá, queremos protegerte. Ajá. Salgan de aquí inmediatamente. Mi equipo vigilará tu casa por las próximas horas.

Sergio y los chicos se trasladan a la casa principal. Diez minutos después.

Mientras, alrededor de la casa de huéspedes.

RENÉ
OK. Pendejos tomen su lugar, muévanse a quemar la casa a mi señal; disparen a matar a quien salga; maten a ese hijo de puta… Y corran a la furgoneta cuando esto se acabe.

René toma su lugar; hace parpadear tres veces una pequeña linterna - es la señal. Los pandilleros vierten gasolina alrededor de la casa. La policía dispara un tiro de advertencia. Las pandillas contraatacan; comienza el tiroteo. El fuego comienza.

CAPITÁN CARLSON
(A un altavoz) Disparen. No dejen que escapen, cierren el círculo. Llamen a los bomberos.

RENÉ
Disparen, cobardes, disparen.

Unos minutos después el tiroteo se detiene.

CAPITÁN CARLSON (al altavoz)
Ríndanse, no tienen escapatoria, suelten sus armas y pongan sus manos sobre sus cabezas.

(Al equipo policial)

Enciendan las luces.

Grandes reflectores alumbran el área alrededor de la casa. Los bomberos que esperaban la señal acuden a apagar el fuego.

CAPITÁN CARLSON

Suelten sus armas, pongan las manos sobre sus cabezas; caminen lentamente hacia el frente de la casa. Intentan huir, disparen. Suenan dos disparos. Un asaltante cae; el otro se detiene.

CAPITÁN CARLSON

Ok. Recójanlos; recójanlos, ajá; tráiganlos al frente de la casa.

Ahora, veamos qué tenemos aquí, ajá. Como si no supiera. ¿Quién es René? Ajá, no quieren hablar. Está bien. Llévenlos a la base. Estoy seguro de que allá en sus jaulas cantaran como canarios.

(A su celular)

Sergio, la operación ha terminado, esta área está segura. Pueden volver a esta casa cuando quieran. Los agentes neutralizaron los inflamables regados. El olor a gasolina desaparece en un rato, ajá. Buenas noches.

Al día siguiente.

De regreso en la casa de huéspedes.

ANGÉLICA REVELA SU SECRETO.

La fría mañana brilla a pesar de su ligera niebla que poco se levanta. Es un Hermoso día.

SERGIO

Gracias por tu ayuda, Angélica. Ahora sabemos la verdad. Yesenia fingió su amor por nosotros. He estado confundido. Me encanta la forma en que me tratas. Me haces sentir...

ANGÉLICA

Sergio, hay algo que quiero decirte.

La luz del sol brilla en sus rostros. Se detienen; están de pie, de frente. Sergio la sostiene por la cintura. Ella tiembla temerosa, pero, aun así, emocionada.

ANGÉLICA

Entiendo... la vida realiza su juego de la manera en que lo escribe, no de la forma en que deseamos jugarlo. Tenemos nuestros papeles en su libreto. Las consecuencias de nuestros actos son...

SERGIO

Espera, ¿qué quieres decir? No, no. No quiero escucharlo. No quiero...

Angélica pone su dedo índice en sus labios.

ANGÉLICA

Entiendo. Pero, déjame hablar. Me iré. Te dejaré en paz...

SERGIO

NO. Espera. No es lo que estás pensando...
Ella no resiste más... no puede mantener su
secreto.

ANGÉLICA

MALDITA SEA, ESCUCHAME... ESTOY EMBARAZADA,
eso es lo que quiero decirte.

El viento lleva su grito al eco de las
colinas. Se desploma de rodillas sobre la
hierba, y con las manos en la cara, llora,
desconsolada. Sergio no responde. Ella siente
su silencio, cierra sus ojos y pone sus manos
sobres sus oídos.

ANGÉLICA (Piensa)
"Eso es. No quiere un bebé".

Para Sergio, la sorpresa es inmensa, sus
emociones son tan intensas que lo paralizan.
Finalmente, regresa.

LA REACCION DE SERGIO.

SERGIO

¿QUÉ? ¿VOY A SER PADRE? VAMOS A TENER UN BEBÉ...

¿MI BEBÉ, NUESTRO BEBÉ?

Sergio la recoge, la abraza, la besa,
emocionado. Angélica mira al cielo,
sorprendida. Desde la puerta, Pati observa
el drama que se desarrolla en la cima de la
colina.

PATI

No puedo soportar ver tanta emoción, no puedo evitar llorar, estoy feliz por ella… Angélica está feliz – se acabaron sus incertidumbres y con ellas sus congojas.

EN LA CASA DE HUÉSPEDES. DÍA.

Sergio y Angélica abrazados caminan hacia la puerta.

SERGIO
(Emocional)

Juan Carlos, Pati. Ahí están. (Grita) VAMOS A TENER UN BEBÉ... Voy a llamar a mi papá, ahora.

Todos van a la casa principal a celebrar con Thiago, Luiza y el bebé que viene en camino.

THIAGO

Hijo, mi querido hijo. Me haces sentir muy orgulloso. Me estás haciendo abuelo. Angélica, Siempre te he considerado una hija, ahora sos oficialmente mi hija. Voy a llamar a Steve.

SERGIO

¿Steve quién, papá?

ANGÉLICA

Steve Johnson, mi padre.

SERGIO

¿Qué? ¿El Dr. Steve Johnson es tu padre? ¿Por qué no me habías dicho?

ANGÉLICA

Pensé que no había necesidad de hacerlo. Prefiero gustarte por lo que soy, no por el nombre que llevo. Después de todo, soy yo quien te ama, no mi nombre.

El Dr. Steve Johnson llega a la casa de Thiago.

Angélica espera su reacción. Thiago camina para saludarlo. El Dr. Johnson camina hacia Angélica y la abraza.

DR. JOHNSON

Hija mía, mi tesoro, nunca estaré más feliz que ahora, sabiendo que eliges al mejor joven, Sergio, hijo de uno de mis mejores amigos. Sergio vos brillas arriba de nosotros a tu corta edad, ahora sos mi hijo. Sé que cuidarás y protegerás este tesoro que tengo en mi vida.

El Dr. Johnson llama a Pati y la abraza y con las dos chicas, una a cada lado, suspira.

DR. JOHNSON

Pati, eres mi segunda hija, hija de otro mejor amigo mío. Tu hermana Angelica se salió con la suya. Déjame adivinar, ella no te escuchó, ¿verdad?

PATI

Bueno, algo así, pero estoy muy feliz por ella. Ella ama a Sergio y él también la ama.

El Dr. Johnson besa a sus dos encantadoras hijas y camina hacia el bar. Luiza pone sobre una mesa deliciosos aperitivos; Joao, el guardián de la propiedad, asiste al bar sirviendo copas que solicitan. Las costumbres brasileñas de Joao y Luiza son parte de la familia y ellos participan de la celebración.

DR. JOHNSON

Brindo por el éxito de Sergio y su equipo en su investigación. Estoy seguro de que juntos romperán la barrera que separa la dimensión de los espíritus y cruzarán al otro lado. Me comprometo a ser uno de sus patrocinadores.

THIAGO

Entonces, no digamos más, celebremos.

Es una íntima fiesta familiar, una demostración de amor, abrazos, besos y mucha comprensión. Después de todo, los niños ya no son niños, sino adultos persiguiendo su propia felicidad. Hay comida, postre y bebidas. El intercambio familiar está lleno de opiniones y conversaciones. sobre muchos temas; hay risas, preguntas y respuestas, proyectos de esperanzas y acciones, y más. La casa está llena de felicidad.

FRENTE AL CLARO DEL FUTURO

ADENTRO. CASA DE HUÉSPEDES. DE DÍA.

SERGIO

Qué vida; llega llena de emociones: nuestro experimento, mi situación con Angélica, el bebé, la celebración, mi tarea, nuestra conclusión, nuestro trabajo universitario, los actos criminales de René.

AÑO 2026

La cadena de televisión ZN y N Reporta: Hace un mes, la Junta de Investigación de la Universidad de Santo Domingo abrió los informes de grupos de investigación científica que participaron en el concurso: Estudio sobre "La Estructura de La Mente". El equipo de Sergio Do Espiritusantos gana el primer lugar. Recibe en premio un certificado de reconocimiento profesional y un nuevo proyecto: ***"Realidad del mundo de los espíritus, la vida después de la muerte"***. El equipo debe concluirlo en un plazo de cinco años. El equipo que obtiene el primer premio y debe presentar un informe sumario de su trabajo en tres días.

TRES DIAS DESPUES

La reunión ZOOM se lleva a cabo. Sergio y su equipo presentan el informe sumario del estudio sobre la estructura de la Mente.

DOCTOR SANTOS

Sergio, en nombre de la Junta y el mío propio, los felicito por el excelente trabajo que hacen. Aprovechamos esta reunión para conocer sus puntos de vista sobre el nuevo proyecto: Que es y que contiene la dimensión espiritual.

SERGIO

Gracias, Dr. Portillo, nosotros tenemos ciertas inquietudes que presentaremos a continuación.

JUAN CARLOS

Señores miembros de la Junta, no es factible entregar este proyecto en cinco años. La tecnología no permite; las herramientas y equipos disponible actualmente no son adecuadas. La tecnología aun no fabrica, ni ha diseñado equipo y herramientas capaz de recibir vibraciones, ondas, y o imágenes paranormales.

DOCTOR SANTOS

¿Pueden ampliar más este punto?

PATI

Si, las ondas cerebrales son de baja frecuencia. Actualmente sólo podemos trabajar a través del cerebro con estas ondas. Nuestra teoría es que los espíritus, como la energía, vibran en frecuencias que no podemos capturar con los dispositivos que hasta hoy tememos. Esa energía, vibraciones incluyen las imágenes de los espíritus.

ANGÉLICA

Hemos establecido contacto con compañías diseñadores y fabricantes de herramientas y equipo especializados. Esperamos sus informes.

JUAN CARLOS

El desarrollo de software no es un problema. Pero necesitamos saber diseño y especificaciones de los dispositivos que debemos programar y controlar.

SERGIO

Esa es nuestra posición. No solicitamos extensión de tiempo, lo haremos cerca de los cinco años, y mientras monitoreamos el avance tecnológico trabajamos en la colección y estudio literario.

CASA DE HUÉSPEDES, DÍA. 7:30 AM.

Angélica, Pati, Juan Carlos y Sergio, están en su último año de postgrado. La sala de juegos de la casa de huéspedes esta convertida en una oficina totalmente amueblada para cuatro ejecutivos. El sistema de sonido reproduce La Era de Acuario. El equipo se prepara para trabajar; hay mucha actividad después del desayuno.

ANGÉLICA

Ese fue un súper desayuno. (A sí misma, suspirando.) *"Estoy en un nuevo comienzo, mi túnel ya no está oscuro; Encuentro el fin de mi lucha. Los espíritus nos atan con un encaje; es el giro de la vida que ahora enfrento"*.

(Bostezos)

Todavía siento pasadas emociones; tengo sueño… Estoy contenta con las resoluciones de la Junta de Investigación. Tenemos un gran proyecto… ¿Alguien quiere otra taza de café?

SERGIO

Cierto. Les gustan nuestros medios y métodos. Aún mejor, el sistema informático integrado de Juan Carlos los impresiona. Proporciona acceso remoto; los miembros de la Junta para presenciar nuestras actividades y participar en vivo.

PATI
(Risas)

Esperemos que no nos pidan que cantemos y bailemos para ellos. Es decir que no nos pidan lo imposible.

ANGÉLICA

¿Qué, algo así como desnudarnos… ¿Digo, desnudar nuestras almas?
(Risas)

JUAN CARLOS

Oye, por qué no incluimos comerciales en nuestro programa. Así como aparecer por arte

de magia una bandeja flotante con bebida, aperitivos y cervezas,
   (Risas)

SERGIO
Me gusta el truco de magia, las bebidas y las cervezas, pero primero hagamos nuestro trabajo.

JUAN CARLOS
La Juna interactuará con nuestra consola central; verán la actividad mental y cerebral del sujeto. Serán testigos de la grabación del sistema; el resultado del experimento será un documento probatorio.

PATI
Me complace que la Junta mencione el procedimiento de soporte vital y el equipo de soporte médico. Hablan de la criticidad de los medicamentos y el control de las dosis de nutrientes para mantener el nivel de energía corporal en su límite inferior.

SERGIO
Recibimos la misión de investigar lo que está del otro lado, la ubicación, la actividad y el propósito. Nuestro informe debe incluir las diferencias entre la realidad física y la realidad no física. Vamos a trabajar.

ANGÉLICA
Oye, ¿y si descubrimos que están en un eterno "Mar di Gras" allí (¿cómo el carnaval de Nueva Orleans?
   (Risas)

PATI

No, eso no puede ser posible, los ángeles son delgados y hermosos. No comen alimentos grasos.
(Risas)

JUAN CARLOS

Son tan delgados que no podemos verlos.

SERGIO

Oye, chicos, dejen a los ángeles en paz. Trabajemos en el borrador de la conclusión sobre el espiritismo. Abran las notas de la clase del Dr. Portillo, el trabajo de Allan Kardec, y saquemos los libros. Necesitamos preparar las respuestas para las posibles preguntas de la Junta.

Los chicos terminan la investigación, tienen la documentación que necesitan a la mano.

PREPARACIÓN DEL INFORME FINAL.

Los chicos se mueven recogen libros de las mesas, estanterías, el suelo, como bailando, con alegría. El sistema de sonido reproduce el tema de Alicia en el País de las Maravillas, música instrumental.

JUAN CARLOS

Tengo los estudios en Investigación Psíquica de Frank Podmore y 'La Pregunta' de Edward Clodd, "¿Es real o falso el espiritismo actual?"

PATI

Tengo - La Verdad Interior de Stuart Cumberland - ¿Puede una mente leer otras mentes por telepatía? ¿Es posible hablar con los muertos?

ANGÉLICA

Yo tengo EL Camino a Endor, "Road to Endor" de Elías Henry Jones. (Pensativa) Tal vez, un deseo de vivir crea un posible vínculo con un ser querido ahora muerto, en nuestra mente.

PATI

Según Cumberland, muchos usan el espiritismo para estafar a los creyentes: los médiums, psíquicos, clarividentes, lectores de tarjetas, intérpretes de huesos, el péndulo, la tabla de Ouija, lectores de tazas de café, videntes. Se presentan con humildad y honestidad y los creyentes y personas inocentes de muy poca educación caen fácilmente en su lenguaje falaz. Pero... ¿Habitan los espíritus en un solo lugar?

Los jóvenes inspirados mientras trabajan comienzan un diálogo para divertirse.

JUAN CARLOS

(Imitando una voz de bajo profundo) Bola de cristal, bola de cristal, dime si nuestra investigación tendrá éxito.

Pati golpea la mesa por debajo tres veces.

PATI

(En voz de contralto profunda) Veo que estás recibiendo una recompensa, ¿estás en algún tipo de escuela?

JUAN CARLOS

(Sumiso dice) Sí.

PATI

¿Podría ser esa recompensa por alguna tarea que estás haciendo o harás en los próximos días?

JUAN CARLOS

Sí, estamos haciendo una investigación sobre la verdad de los espiritistas, para descubrir su juego de estafa.

PATI

Oh. Entonces estás en el lugar equivocado; no recibimos visitas de investigadores. No podemos continuar, adiós.

(Risas). Sergio interviene y los trae al tema en cuestión.

Es el final de 2028. Los jóvenes concluyen su primer borrador de su estudio sobre la naturaleza del otro lado.

HAY UN SÓLO ESPACIO.

JUAN CARLOS

Vemos el universo y su contenido en cualquier dirección. Pero, entre más vemos encontramos más y más. Y a medida que ganamos poder para ver más allá, sus dimensiones crecen y crecen en el mismo espacio y ese espacio contiene el universo; es un espacio infinito, pero es sólo uno.

ANGÉLICA

Y ese espacio estaba allí, vacío, antes naciera el Universo. Apareció después para llenar este espacio. Pero, aun no estamos claro por qué.

PATI

El espacio es infinito; es único, un espacio. Y la definición natural de infinito incluye cualquier cosa fuera de él.

SERGIO

Hay leyes y reglas que controlan todo en este espacio, desde antes que naciera Universo. Obviamente, antes de la tierra y de los humanos allí. No hay otro lado, pero, la Existencia tiene en este espacio dos dimensiones distintas, la Realidad y la Irrealidad, activas al mismo tiempo.

PATI

Nuestra mente vive en estas dos dimensiones. Pero la Mente necesita un cuerpo material vivo, para actuar y comportarse en la dimensión material - la. Realidad.

ANGÉLICA

Cuando estamos en un momento creativo, como imaginar, meditar, en un lapso de ilusiones, estamos fuera del mundo físico, es como tener una experiencia fuera de cuerpo, y podemos permanecer en la Omnisciencia hasta recuperar la conciencia de nuestra realidad física.

SERGIO

La creatividad, la imaginación, las ilusiones son partes de la Irrealidad; son funciones inconscientes, intangibles e invisibles – no pueden verse ni tocarse.

LA REALIDAD DEL ESPIRITISMO.

Los chicos buscan, leen, copian, archivan los documentos. Se mueven rápido por la oficina con un propósito determinado. No hay duda. A medida que se mueven hablan, se detienen y hablan. Obviamente, hay una sensación de prisa, pero hacen su trabajo con una precisión y coordinación no vista antes.

SERGIO

La mente de criaturas animadas, como los humanos, no es física en absoluto; es parte del otro lado, es el ser interior, el alma de la vida.

ANGÉLICA

Los cuatro elementos fundamentales de la Mente, no son suficientes para hacer un ser humano completo.

SERGIO

El Ego, la Conciencia, la Voluntad y la Sabiduría son funciones del ser vivo. ¿Quién lo niega? La parte que falta es la energía, el ánimo, el verdadero yo interior, el espíritu del individuo.

PATI

Si el espíritu no está presente en una persona, la persona está mentalmente muerta y esas cuatro funciones no trabajan. El espíritu impulsa a la persona, La Mente piensa, organiza el pensamiento, decide y ordena acciones a través de esas funciones.

PATI

Este espíritu es algo que anima a los seres vivos y permanece en la entidad. Este espíritu es el núcleo de las criaturas animadas. El anima - alma o espíritu - el verdadero yo interior, busca los propósitos de la criatura viviente. Entonces, el ser es su energía.

JUAN CARLOS

La Energía crea movimiento, cambio, anima a las criaturas, es lo que da ánimo. La vida sin ánimo no tiene posibilidad.

ANGÉLICA

Hay espíritus. Un espíritu en cada criatura viviente, y estos espíritus son creados iguales. Pero fuera de los cuerpos de seres vivientes sólo hay un Gran Espíritu, a donde regresan nuestros pequeños espíritus.

PATI

Si la Energía de la Existencia es lo que genera vida, y cada criatura viviente tiene un espíritu, y ese espíritu es energía, Entonces, la energía es el espíritu de todas las criaturas vivientes.

JUAN CARLOS

Hay un espíritu en cada creatura animada sea esta un virus, bacteria, planta, insecto, animal o un humano, etcétera.

SEGIO

Los espíritus son moléculas del Espíritu de la Existencia, y no abandonan al Espíritu. Este es el concepto del espiritismo. Un concepto que no niega la idea de que cada espíritu continúa viviendo después que termina su periodo de

animación. Pero no vive en la forma humana de
los individuos en la tierra, como creemos.

ANGÉLICA

Cuando un espíritu deja el cuerpo material
en que habita, ese espíritu regresa al Espíritu
y se pierde en su extensión. Es difícil
encontrar esa molécula del Espíritu.

PATI

La norma es que deben regresar completas al
Gran Espíritu.

JUAN CARLOS

Entonces, las almas regresan al espacio con
el 100% de la energía que traen cuando entran
al cuerpo.

SERGIO

Las criaturas vivientes devuelven al
Espíritu toda la energía de sus cuerpos. Sus
cuerpos, entonces, se convierten en materia
y sus almas regresan al Espíritu de la
Existencia.

PATI

Cuando una criatura viviente todavía tiene
suficiente energía en su cuerpo, aún no está
muerta. Puede recuperar su animosidad de
nuevo.

ANGÉLICA

Pero, si el cuerpo libera su energía, esa
energía, espíritu o alma, desaparece en la
infinidad del Espíritu.

SERGIO

Es conclusión, no hay una comunidad de espíritus en forma de humanos en el espacio después de la muerte. Sólo hay espíritus conviviendo con las criaturas animadas en el mismo espacio.

PATI

Vemos que la Existencia crea, promueve y mantiene la vida en el Universo. Entonces, ese es su propósito.

JUAN CARLOS

Los espíritus no tienen volumen, no tienen peso, no ocupan espacio. Pero la materia tiene estas tres condiciones. Así, la materia nunca puede entrar en una dimensión de espíritus, donde todo es substancia etérea, invisible, intangible…

PATI

Por otro lado, los espíritus siempre pueden coexistir con nosotros en este mundo físico, o dimensión material.

SERGIO

Entonces, el Espíritu existe en el mismo espacio en el que está el Universo y dentro del volumen, forma y fondo, de todo en estado material en el Universo.

ANGÉLICA

Pero, si el Espíritu de la Existencia llena el espacio, y el espacio es solo uno, entonces no hay espíritu que no sea parte de ese Espíritu.

¿Hay espíritus malignos, un diablo?

SERGIO

No hay diablo. Esa idea del infierno, del demonio, crece de la Divina Comedia de Dante, un poema épico, mostrando nueve círculos de tormento, los instintos pervertidos animales de violencia en el intelecto del hombre. Es el ego del hombre - el Infierno y el demonio de Dante, al mismo tiempo.

PATI

Todo aquello que construye y crea vida lo hace con amor y el amor no puede ser malo.

ANGÉLICA

Entonces, el amor impulsa la vida y el mundo. Es el propósito de la Existencia. - es lo que sabemos a este punto.

SERGIO

El mal y la maldad están en el Ego. El hombre escoge según sus objetivos, caprichos y deseos. Los espíritus, energía, generan vida con amor, no hace ni crean maldad, el mal destruye la Verdad, el Amor y la Vida. La maldad nace del Ego.

JUAN CARLOS

La Mente está dividida en Ego, Conciencia, Voluntad y Sabiduría; funciones de la Mente. ¿Cuál es el más importante?

SERGIO

La persona práctica que piensa en negocios elige al Ego. Pero el hombre moral, amoroso, elige la Conciencia.

JUAN CARLOS

Un pensador, un filósofo, busca la Verdad, la Sabiduría, Un matemático, un ingeniero de sistemas, elige la lógica, el razonamiento de la Sabiduría.

ANGÉLICA

Ja, un organizador, un economista, o aquel que quiere hacer las cosas bien la primera vez, elige la Voluntad. Ellos buscan como mantener la mente enfocada en un tema el mayor tiempo. (En broma) 'Creo que conozco a alguien así".

SERGIO

¡Ajá! No creo que estés hablando de mí... No, claro que no... Bueno, ¿crees que realmente soy así?

Angélica sacude la cabeza indicando, no.

JUAN CARLOS

El espíritu de la Existencia, la energía, está en todas partes, y ocupa todo el espacio disponible, como la fuerza eléctrica o electromagnética, la fuerza de la gravedad, la fuerza nuclear (débil y fuerte). De hecho, estas fuerzas crearon la materia en la gran explosión.

QUE HAY EN OTRO LADO

Un vídeo de fondo muestra Nueva York, Los Ángeles, personas en las calles, en los supermercados, en las tiendas y/o similares.

El otro lado no es como aquí en la tierra.

SERGIO
En conclusión, la Existencia sólo tiene un espacio; los espíritus conviven en este mismo espacio, con nosotros.

ANGÉLICA
En el otro lado, los espíritus no tienen nada, no beben, no usan ropa, no comen. Ellos no necesitan cosas materiales, como nosotros.

PATI
Según condiciones físicas, los espíritus no pueden hablar, como criaturas vivientes; los humanos tienen un sistema físico para producir sus voces. Los espíritus, como energía, pasan a través de la materia, no pueden tener elementos físicos.

JUAN CARLOS
Sí, es cierto. Los espíritus vibran como energía y pueden hacer vibrar a los átomos de la materia hasta producir movimientos o cambios. En nuestro mundo físico observamos situaciones y condiciones como esas — en un horno de microondas, en motores de inducción, por ejemplo.

ANGÉLICA

¿Pueden los humanos comunicarse con los espíritus, de alguna manera? Es lo que buscamos. ¿Qué piensan, aquí, allá afuera, en todo el mundo?

PATI

El proceso de formación de pensamientos es todavía un misterio. El pensamiento es una función inconsciente. Los espíritus no tienen un cerebro o un cuerpo como nosotros, sin embargo, creemos que piensan como nosotros.

JUAN CARLOS

Es posible que la Mente sea Energía y el pensamiento sea la composición de sus vibraciones. Entonces, los espíritus, o la energía, pueden convertir su energía en pensamientos.

FIN DE

EXTRAÑAS VUELTAS DE LA VIDA

SALIDA DEL TUNEL: DESENLACES

El estudio sigue; Pero, toma mucho tiempo.

LLEGA EL BEBÉ DE ANGÉLICA.

(CUATRO SEMANAS DESPUÉS)

JUAN CARLOS
Estamos adelante del avance programado a pesar de nuestros trabajos, las clases universitarias y nuestro proyecto. Que les parece si tomamos un descanso y celebramos el cuatro de julio.

SERGIO
NO, oh NO. No podemos parar, no debemos parar.

Los chicos se miran uno a los otros.

SERGIO (Continua)
(Risas) Esperen, estoy bromeando. Sí, por supuesto celebremos la independencia. Vamos, caminemos por el bosque, tomamos un poco de aire fresco, luego cenamos con mi papá, en la casa grande.

La temperatura es moderada, la brisa marina refresca el ambiente, los pájaros cantan.

Ellos caminan de regreso. Angélica se detiene, se sienta. Su rostro muestra signos de dolor. Pati la mira y grita.

PATI
ESPEREN, VUELVAN. LLAMEN UNA AMBULANCIA.

Juan Carlos llama al 911, Sergio llama a su papa. Thiago llama al Doctor Johnson. La ambulancia llega, paramédicos levantan y llevan a Angélica al hospital. Todos siguen detrás de la ambulancia, se dirigen al hospital.

SÁBADO 1 DE JULIO DE 2023. HOSPITAL REGIONAL, MATERNIDAD. DÍA 10:00 AM.

La familia está en el pasillo. Sergio, aparte, solo, piensa cuando su madre estuvo en esa misma sala de maternidad hace tiempo. Su mente viaja a sus recuerdos.

SERGIO
(Preocupado) Aquí murió mi madre y nos dejó a los gemelos, mi hermano y mi hermana. Me preocupa lo que pueda pasarle a Angélica.

EL ABUELO
"Los eventos y sus causas son la voluntad de Dios. Cada conjunto de condiciones y/o situaciones tiene un resultado, y sólo uno. No dejes que la anticipación bloquee tu mente y drene tu alma. La anticipación anula tu voluntad y altera tu paz. El control es la base de tu paz interna y es tuyo".

Sí, así es, ¿no puedo ayudarle en su parto; mi preocupación y estrés? Es la voluntad de Dios, más allá de mis capacidades.
(DOS HORAS MÁS TARDE.)

Sale una enfermera preguntando quién es el padre.

SERGIO

Sí, soy el padre. ¿QUÉ? ¡ES UN BEBÉ! ¡PAPÁ, CHICOS! Oh, Dios mío, gracias.

THIAGO

Sergio, bajen la voz. (Se dirige al Dr. Johnson)

Steve, somos abuelos… Juan Carlos y Pati abrazan y felicitan a Sergio.

SERGIO

Doctor Johnson, ahora mi segundo padre, gracias por recibirme en su familia. Enfermera, ¿cómo está Angélica? ¿Cuándo podemos verla? Ok, gracias; entremos ahora mismo. La madre sostiene al bebé. Éste feliz evento nos llama a celebrar el resto del día.

THIAGO

(A su celular). Hola Luiza, Angélica tuvo un niño. Prepare la casa para celebrar… cena, pongan muchas flores, y una cinta al frente que diga: "ES UN NIÑO". Compra regalos para la madre y el bebé. Gracias, llegaremos más tarde.

JUAN CARLOS

Estoy tan feliz por ti, hermano. Las cosas son como son, pero vos has jugado el juego en la forma correcta.

La familia sale del hospital, Angélica lleva en sus brazos sus nuevas esperanzas, nuevas ilusiones, nuevos proyectos. El orgullo del padre expande su pecho en el espacio del auto.

PATI
La fiesta es genial, la felicidad, la comida, sobre todo la música: Sergio Méndez, Santana, los Rolling Stone; el baile --.

JUAN CARLOS
Sí. Todos están aquí, el Dr. Portillo, los miembros de la Junta, los padres de Angélica, mis padres; y amigos cercanos de la universidad y del hospital.

La fiesta duró horas hasta casi la medianoche.

JUAN CARLOS Y PATI EN BRASIL.

AÑOS MÁS TARDE.

Sergio en el escritorio, las pantallas de televisión están encendidas. Todo están de regreso en el trabajo. Hay mucha actividad en la habitación, moviéndose de un punto a otro, llevando documentos de la impresora.

Timbre de teléfono.

SERGIO
Hola, Juan Carlos, ¿cómo les va en Brasil? ¿Les gusta, están divirtiéndose? Visiten el Mato Grosso.

JUAN CARLOS

Sí, por supuesto. Brasilia es una ciudad increíble, tenemos una reunión en la universidad de Río… mañana. Más tarde, vamos a Ipanema.

SERGIO

Ok. Juan Carlos, obtuvimos nuestros títulos de postgrado. Merecemos disfrutar unas vacaciones. Llámame mañana y dime lo que descubres. Saluda a Pati. Bueno adiós. Vuelvo a mi análisis.

RENÉ ESCAPA DE LA CÁRCEL – EL PELIGRO ACECHA.

Timbre de teléfono.

SERGIO

Hola, habla Sergio, sí, espero… Capitán Carlson, ¿cómo está? ¿Qué? Por favor, repita, Ok, no sé si es bueno, malo, justo o injusto... Creo que es consecuencia de sus acciones... Por supuesto que sí. Gracias, Capitán. Adiós.

Las cámaras de la corte exhiben ese proceso. Los detectives buscan al Padre Jorge; sospechan que René puede tenerlo secuestrado o tal vez lo haya asesinado.

ANGÉLICA

¿Qué fue eso? ¿Qué consecuencias y los actos de quién?

SERGIO

El tribunal condenó a René a cadena perpetua sin posibilidad de libertad condicional. Es declarado culpable de todos los cargos criminales: secuestro, intento de violación, asalto con intención de matar, asesinato, y tráfico de sustancias ilegales. La investigación revelo que cuando tenía cinco años cruzó la frontera ilegalmente con su madre. El padre de René presta servicios de jardinería y paisajismo en a propiedad de la familia Flores Rojas.

René conocía a Yesenia desde que él tenía siete años. El Capitán Carlson me permitió leer la declaración de René, hace una semana.

ANGÉLICA

Cómo saben todo eso, eso no es parte de sus crímenes. ¿Lo es?

SERGIO

René dice: *"Mi mamá trabajó de día limpiando restaurantes y por las noches bailaba desnudándose en Tijuana para entretener a turistas americanos que llegan a divertirse, beber, bailar y tener sexo; así ganaba dinero para pagarle al coyote que nos trajo a la frontera de USA. "Nadie conoce mi agonía, mi sufrimiento, dolor y mi vergüenza. Le pregunto al puto mundo, ¿saben que es la necesidad humana; saben lo que pasa las personas en pobreza? Yo prometo que lucharé hasta la muerte por lo que merezco. Sí, soy culpable, pero, también lo son las sociedades que me hicieron lo que fui y lo que soy".*

ANGÉLICA

Qué horrible condición mental, tan desesperada e indefensa. Es fácil destruir la mente de una persona, especialmente la de un niño.

EL CASAMIENTO JUAN CARLOS Y PATI EN BRASIL.

CASA DE HUESPEDES. DIA.

Timbre de teléfono.

Sergio, hola, Sí, Juan Carlos, que alegría. Sí, te escucho. Que bien, conociste a los familiares de mi padre. Así es que vos y Pati decidieron casarse en Minas Gerais, Bello Horizonte. ¿Que? Mis familiares les dan una fiesta. Maravilloso, escucha Angélica está en línea.

ANGÉLICA

¡Felicidades! Pati y Juan Carlos. Nada mejor que eso. Estoy feliz por ustedes. Ustedes nos dejaron por fuera, ¿Verdad? Me las pagaran cuando vuelvan… Si, te escucho Pati… Sí, claro, haremos otra fiesta cuando vuelvan. Los queremos mucho.

SERGIO

Juan Carlos, eso es. Ya mandé las solicitudes para los doctorados. Ok. Saluda a todos los que están allí, y te vemos cuando regreses. Oye… Toma un vídeo del evento.

ANGÉLICA

Disfruten Pati, Juan Carlos, hasta pronto, saludos a todos por allá. Cuídense.
(DIEZ DÍAS DESPUÉS)

CONCLUSION DE LA INVESTIGACION

CASA DE HUÉSPEDES. DÍA. 10: AM.

ANGÉLICA

No puedo creerlo. Ustedes han vuelto. Vaya, el tiempo sí que vuela. Deben estar agotados de ese largo vuelo.

PATI

¡Fue maravilloso! Hermoso país. Oh, la gente es muy amable, servicial y siempre feliz, jugando, riendo, haciendo bromas.

JUAN CARLOS

La universidad es fantástica. Los profesores están interesados en nuestro proyecto. Allan Kardec, cuyo verdadero nombre es Hippolyte León Denizard Rivail, es bien conocido en Brasil. Te cuento cuando volvamos.

El tiempo y el equipo de Sergio esperó el avance tecnológico; el atraso de su proyecto no fue su culpa. La junta concedió una extensión de tiempo para que las empresas de diseño y manufactura pudieran proveer herramientas y equipo necesario para el proyecto. Trabajaron a todo vapor para producir el equipo y herramientas necesarias.

TIEMPO MODERNO – DÉCADA DE 2030S.
(CINCO AÑOS DESPUÉS, 2031)

CASA DE HUÉSPEDES. DÍA. 10:00 AM.

ANGÉLICA
Es increíble cómo la tecnología cambia el mundo y las interacciones humanas... Sergio, ¿estás escuchándome, estás ahí?

SERGIO
Sí, estoy aquí, escuchando, pero, estoy cepillándome los dientes – todavía lo hago manualmente. (Mira en la pantalla de un televisor en la pared) Un flotador sin piloto bajando sobre la colina.

Timbre de puerta. La televisión se enciende y muestra a Juan Carlos y Pati están en la puerta.

SERGIO
Hola, Pati, hola, Juan Carlos, justo a tiempo, como de costumbre. Pasen, están en su casa.

ANGÉLICA
Hola chicos, ¿Desayunaron, les gustaría comer?

PATI
NO gracias, desayunamos antes de salir; una taza de café es suficiente. Dejamos a los niños, John y Jessica, en el preescolar y vinimos directamente aquí. Estamos entusiasmados con el gran final de este trabajo de investigación.

ANGÉLICA
Hablábamos de tecnología cuando llegaron. Es increíble que todo se podemos hace por Internet.

PATI

Sí, la pandemia de COVID-19 del año 2020 cerró todo y pasó a controlarse remotamente.

La mente de Pati viaja a ese tiempo cuando las escuelas y los negocios cerraron sus puertas. Hoy todo está en el Internet. Las universidades tienen sus clases en la red. Los doctores realizan las cirugías se con robots y láseres, los dispositivos inalámbricos controlan a los pacientes en las unidades de cuidados intensivos y las enfermeras monitorean su estado y administran medicamentos y nutrientes desde una consola de control.

Sonido de timbre.

JUAN CARLOS

¡Fantástico, el café está listo! Sí, los procesos remotos despegaron después de la intrusión de Rusia en nuestros sistemas, en 2016. Hoy en día, los hackers están bajo un estricto control.

Año 2031

Interior. Casa de Huéspedes. Dia 10:00 A.M.

Llega un camión grande al estacionamiento en la cima de la colina.

PATI

Llegó un camión, ¿estas esperando muebles?

SERGIO

Sí, traen el equipo del laboratorio. Juan Carlos puede recibirlos.

El equipo, dispositivos y accesorios llegan; comienzan a descargar. Los Ingenieros y técnicos instalan el equipo en el cuarto de juego y lo convierten en un laboratorio de investigación científica.

Exterior. Ciudad de Santo Diego. Dia.

Otros ingenieros y técnicos instalan cámaras, dispositivos receptores y trasmisores en puntos estratégicos de la ciudad. Interconectan estos equipos con el sistema instalado en el laboratorio, (casa de huéspedes). Trabajan de día y de noche.

Diez días después, los ingenieros y técnicos terminan la instalación exterior e interior. Comienzan la fase de prueba.

SERGIO

Entonces, probemos el sistema. Juan Carlos conecta a los miembros de la Junta. Ellos observaran y participaran en estas pruebas.

Los ingenieros y técnicos dirigen a Juan Carlos y a Sergio. Encienden el sistema integrado. Las cámaras en el laboratorio reciben señales, pero las imágenes llegan borrosas. Los ingenieros hacen ajustes. Las imágenes aparecen claras. Los espíritus en el exterior e interior del laboratorio aparecen en las pantallas del laboratorio.

Los espíritus de primer tipo tienen forma de medusa o lagrima marina. Son transparentes, de color ultravioleta. Flotan, aparecen y desaparecen en el mismo sitio, y se desplazan a gran velocidad.

Los espíritus de segundo tipo tienen siluetas humanas envueltas en esa medusa del primer tipo. No flotan, caminan. Son trasparentes; la silueta del cuerpo es de color infrarrojo. Este color es intenso en su parte superior; cambia su intensidad de acuerdo a su actividad. La parte superior de las siluetas disparan ondas luminosas a la parte superior de uno o más espíritus de este mismo tipo. Los otros del mismo tipo responden de igual forma.

Los espíritus del tercer tipo son como los del segundo tipo. Flotan, pero cerca del punto donde aparecen, como si estuvieran atados con un cable invisible. Su color es ultravioleta en su envoltura y de color infrarrojo en la forma humana que cubren. Se ven por unas horas hasta que su color cambia poco a poco a ultravioleta. Eso es cuando la forma humana se vuelve invisible y la imagen toma la forma de espíritu del primer tipo; entonces, desaparece en el color de fondo – supuestamente el Gran Espíritu de la Existencia.

Los espíritus de primer tipo aparecen y entran en un espermatozoide o en un ovulo en el mismo instante que son producidos, convirtiéndose en espíritus de segundo tipo. Los de tercer tipo salen de los espíritus de segundo tipo, convierten a espíritus de segundo tipo y desaparecen.

SERGIO

Miren, hay tres tipos de imágenes. Las llamare T1, T2, y T3. Muy bien presentemos nuestro informe final.

INFORME FINAL A LA JUNTA.

SERGIO

Bueno chicos abran el INTERNET; inicien la aplicación de audio-videoconferencia, INTERACT. Verifican la conexión inalámbrica de los computadores personales a las pantallas de los televisores grandes. Dan acceso a miembros de la Junta de Investigación; ellos participaran en las discusiones y conclusiones y observan los procedimientos en vivo en INTERACT.

LA OTRA CARA DE LA VIDA.

SERGIO (Continúa)

Las cámaras proyectan dos lados contiguos. A la derecha, miembros del equipo de investigación sentados a una mesa de conferencias; a la izquierda, una pantalla de televisión enfoca a los miembros de la Junta sentados en otra mesa igual. Las computadoras portátiles aparecen en las mesas Hay cámaras y micrófono; las salas están configuradas con dispositivos de audio video.

JUAN CARLOS

Sistema listo para transmitir en vivo al Internet en tres, 3, 2, ya.

SERGIO

En esta sesión presentamos a la Junta un adelanto de nuestra investigación: la continuación de la vida material o física; es decir lo que sigue después de la muerte de cada ser viviente, - condiciones y situaciones de la vida de los espíritus -.

JUAN CARLOS

Miembros de la Junta pueden interactuar con el equipo de investigación en cualquier momento. La vibración de su voz activa su micrófono y pueden conversar, preguntar y contestar – no hay moderador

SERGIO

La razón tiene una penumbra que opaca la Verdad. La certidumbre existe oscura como silueta de lo que es y no es. Esta es la membrana de inflexión que separa la realidad física del mundo de los espíritus. Si traspasamos esa membraba llegamos al otro lado. Hoy nuestro sistema pasa ese punto de inflexión y podemos ver a los espíritus en acción.

ANGÉLICA

Al otro lado el corazón vive sin palpitar; el alma camina en esa claridad y se pierde en un antes y un después.

JUAN CARLOS

No hay vida ni hay muerte; tampoco aquí, allá, verdad, mentira, principio y fin; y no son espectros raros: la vida es muerte y la muerte es vida. Son cambios de forma, en el espacio y tiempo.

PATI

La existencia no es por suerte; su forma pasa, su esencia no expira. Es de los vivos y de los muertos. Un espíritu no vive perdido, está siempre anclado a un espíritu global.

SERGIO

¡Aquí está todo! Todo en uno; no hay separación, todo en un mismo espacio. Confuso en la penumbra de su razón para el hombre, llega como un tema persistente, irresoluto: La meta de la Existencia es crear, preservar, cuidar la vida. Ese es el propósito del Amor.

SERGIO

Miembros de la Junta, estamos listos para responder a sus preguntas.

Las cámaras colocadas en el laboratorio y en los puntos estratégicos en la ciudad muestra a los espíritus de los tres tipos en sus actividades normales. Se ve como todos en una sola comunidad de espíritus y seres vivientes con todo el ambiente del mundo material.

Sergio está en el sofá-cama con el casco interactivo en el cabeza listo para viajar en cualquier momento. Los espíritus de sus abuelos se ven en las pantallas, caminando en el laboratorio. Angélica inicia el escape de Sergio. Cinco minutos después, las cámaras captan el espíritu de Sergio en el otro lado.

LA JUNTA (EN PANTALLA)

1 - ¿Hay otro lado?

NO HAY OTRO LADO.

Sergio escucha la pregunta, y desde el otro lado lidera la reunión con la Junta.

SERGIO

No. El universo es un sólo espacio infinito. Aquí está todo lo que hay y tiene sólo lo que contiene. No hay otro lado separado o aparte de la dimensión material física. No tiene forma geométrica, aunque aparenta ser esférico. Es uniforme sin coordenadas.

JUAN CARLOS

Hemos visto en viajes anteriores, que este espacio tiene dos dimensiones mayores, una visible y tangible y otra invisible e intangible. Son inseparables parte de una misma realidad, o de un mismo espectro, ambas en el mismo espacio - del mismo lado.

ANGÉLICA

Cualquier cosa fuera del espacio está, por definición, dentro de él. Todo está dentro del espacio. No hay arriba o abajo, no hay derecha ni izquierda, no hay aquí o allá; y la posición de todo es relativa a cualquier otra cosa. Dentro de este espacio todo se mueve; funciona sinérgicamente con el resto. Es un balance perfecto dinámico y en transformación continua.

PATI

En este espacio, la Existencia exhibe la Realidad e Irrealidad. Son las dos caras que Juan Carlos menciona.

SERGIO

Desde aquí veo el centro del espectro, una zona crepuscular, donde lo que es no es – La realidad material se confunde con la realidad inmaterial. Pero, entre las dos dimensiones existe todo.

ANGÉLICA

Aquí en la realidad física o material, los humanos buscan un cielo arriba, pero abajo es lo mismo que arriba. No hay cielo.

SERGIO

Aquí no veo ningún lugar donde los muertos viven como los humanos vivimos en la tierra, porque aquí, la materia no existe, sólo en la dimensión material. No veo una dimensión después de la muerte, donde los espíritus viven aislados. Las criaturas que mueren viven como espíritus y comparte el mismo espacio junto con los vivos.

JUAN CARLOS

Hemos comprobado que la Energía llena el Espacio del Universo, parte en materia parte en energía. Los espíritus son energía. Las dos formas, espíritu y materia, comparten el mismo espacio.

ANGÉLICA

Por ejemplo, la madera que se quema produce luz, calor, y ceniza residual. Luz y calor son formas de la energía y la ceniza es materia inerte. La energía escapa de la madera, en forma de luz y calor, pero, la energía de la madera retorna a la energía total de la Existencia. La ceniza, materia, queda en la realidad física o material.

PATI

Al igual que la madera, los humanos tienen energía y materia. Estas substancias se separan en el proceso de la muerte. La energía regresa a la Energía de la Existencia y el cuerpo (materia) inerte se transforma en tierra.

JUAN CARLOS

Hemos confirmado que la Existencia no tiene tiempo. El tiempo es atributo de la Presencia. Registra el comienzo y final, de cualquier forma, de vida, de movimiento o cambio. Si no hay Presencia el tiempo desaparece, o bien no funciona o permanece latente. Cada presencia tiene su propio tiempo. Entonces, hay tantos tiempos como hay presencias. Por ejemplo, la presencia de tu vida (con su tiempo de nacimiento a muerte).

LA JUNTA (EN PANTALLA)

2 - ¿Qué es el Espacio?

Las nubes se mueven lentamente en el cielo despejado durante el día. Por la noche, el espacio claramente muestra los planetas, la luna y estrellas. Son vistas tomadas desde observatorios, con potentes telescopios.

EL ABUELO
Es la expansión del infinito, o sea, un contenedor donde existe todo.

LA JUNTA (EN PANTALLA)

3 - ¿Qué hay al principio?

SÓLO HAY ENERGÍA EN EL ESPACIO.

SERGIO
Antes que algo suceda, la Existencia pone sus leyes, reglas y regulaciones para que algo y todo suceda, o pueda suceder en el Espacio. Todo lo que se sabe y se ha hecho estaba antes del hombre.

EL ABUELO
El conocimiento es un elemento intrínseco de la Existencia. Existe desde el principio de la Existencia y esta acumulado en la Omnisciencia. El hombre sólo presta un poco para su uso en el ciclo de su vida.

ANGÉLICA
Hemos confirmado en viajes anteriores que este espacio es el mismo en el pasado, presente y será en el futuro; nunca, aparentemente, ha estado vacío; desde el principio ha estado lleno de energía que viene primero antes de convertirse en materia,

Los televisores muestran un video de la Gran Explosión y explica que produjo el Universo. La Ciencia dice que la energía y la materia son finitas.

PATI

La energía, entonces, se convierte en materia con la Gran Explosión y la Realidad, el Universo y su contenido, aparecen. El tiempo comienza a correr para la vida del Universo; cada cambio, cada cosa que aparece, cada vida trae su tiempo el cual deja de contar cuando termina o hay cambios en la vida de su presencia.

SERGIO

Entonces, la Nada se convirtió en Todo. El Universo, su magnitud y complejidad, representan a la Existencia en la dimensión física. Esa es la otra cara de la Realidad paranormal - la Irrealidad -. La Realidad es extensión de la Irrealidad - esa parte de la Existencia que es invisible e intangible.

JUAN CARLOS

Todas las cosas están categorizadas, colocadas en el orden adecuado. Como la tabla periódica de elementos químicos ordenados por pesos atómicos; o como las especies, insectos, plantas, animales y humanos, etcétera.

EL ABUELO

Aquí, vemos una Super Inteligencia que diseña, construye, configura y opera el intrincado sistema, dinámico, cuasi perpetuo de la Realidad material.

PATI

Esa Inteligencia, crea, apoya y mantiene la vida y las vidas en el sistema. Es su único propósito.

SERGIO

Pero, el Universo puede terminar cuando alcance un estado de animación suspendida; es decir cuando la Energía cese su influencia. Entonces, no habrá más cambio, más movimiento, más vida. Esa es la *"Muerte Térmica"* del Universo. El espíritu de la Existencia entra en un sueño eterno – inmóvil –.

JUAN CARLOS

Entonces, ¿qué queda? Queda la Energía y materia paralizadas. Pero, esta animación suspendida es otra transición entre la expansión y la Contracción de la Realidad física. En el circulo infinito de la Existencia, todo vuelve a su origen y el fin es el inicio de un nuevo ciclo.

LA JUNTA (EN PANTALLA)

4 - ¿Existe Dios?

DIOS EXISTE.

Nosotros notamos una suprema inteligencia que creó, opera y mantiene el universo. Vemos que dicha Inteligencia promueve, produce, protege, la vida dentro de la Realidad física.

ANGÉLICA

Cada religión del mundo explica la existencia de un Ser Supremo, Dios, a su manera y creencia. La definición general indica que Dios es Supremo, Omnipresente, Omnipotente, Omnisciente. Encontramos y así confirmamos que la Energía conserva estos atributos. La energía causa, crea, promueve y mantiene la vida. Pero, la Energía es intangible, es invisible. Dios es esa Energía. Es el Espíritu, el Núcleo, esencia, la razón de ser de la Existencia.

PATI

Todo lo que tiene presencia posible, animada o no, existe por Voluntad de la Inteligencia Suprema que creó y crea la Realidad de acuerdo a sus leyes, reglas y reglamentos que existen antes de la Realidad. Y son esas leyes y reglas lo que implica que hay un planeamiento y un propósito detrás de la creación del Universo y la Vida dentro de éste.

LA JUNTA (EN PANTALLA)

5 - ¿Qué controla ese desarrollo?

JUAN CARLOS

En verdad. Esas leyes, reglas y regulaciones de la Existencia incluyen todo el conocimiento científico presente y futuro; incluye hipótesis, teorías y descubrimientos; incluye matemática, ciencias, física, química y similares. Ellas existen antes del comienzo del universo; obviamente, antes del hombre. De otra manera no podría existir ni el Universo ni la Vida.

PATI

Es así, porque de otra manera la explosión, la formación del universo, y la creación de la vida no sería posible.

SERGIO

La energía apoya, promueve, mantiene la vida y sus cambios. Se comporta de conformidad con el conocimiento que guarda la Omnisciencia de la Existencia y está plasmado en leyes y reglas. Sin conocimiento nada procede. Y la humanidad en la dimensión material, la Realidad física, no es posible.

ANGÉLICA

La Omnisciencia es el conocimiento total de la Existencia; no hay otro conocimiento fuera de la Omnisciencia, y existe desde antes de la Gran Explosión.

JUAN CARLOS

El conocimiento no puede ser creado ni destruido. Es infalible inefable, infinito y eterno. Su posible destrucción implica la destrucción del Universo y de las fuerzas que lo crearon.

SERGIO

Lo humanos toman prestado conocimiento de la Omnisciencia que está disperso por todo el Universo, y lo guardan en memorias de su inconsciente. Los humanos sólo descubren conocimiento y lo usan para sus fines y propósitos.

LA JUNTA (EN PANTALLA)

6 - ¿Qué es el espíritu?

La Energía existe y los espíritus sólo existen en esa forma, en la Irrealidad del mismo espacio donde los seres materiales viven. Sólo espíritus limpios, puros, vuelven al Gran Espíritu. La maldad no pasa al mundo de los muertos, queda atrás en la dimensión física como parte de la materia del hombre.

LA ENERGIA ES EL ESPÍRITU DEL SER HUMANO.

Las pantallas muestran a los tres tipos de espíritus en acción. Una pequeña parte se desprende del Espíritu de la Existencia y entra en un espermatozoide y en un ovulo y permanecen en estos. En el momento de la fertilización estos dos espíritus se funden en uno formando un cigoto. Ese espíritu es la energía que anima a una criatura viviente.

Los espíritus son Energía, existen en la dimensión invisible e intangible del mismo espacio donde los seres materiales viven. Los espíritus en los seres o entidades animados son la energía que impulsa la vida de los seres o entidades vivos.

SERGIO

La energía es una fuerza que crea cambios, movimientos y vida. Es la esencia de la vida, el espíritu de toda materia inerte y viva.

PATI

La Energía es también el espíritu de la Existencia; Sin Energía nada existe.

ANGÉLICA

Energía o Fuerza, es lo que los humanos podemos llamar Dios. Esta Fuerza existe antes que lo demás. "*¡Que la Fuerza esté con todos ustedes*"! En los humanos, la Mente maneja el comportamiento de la materia.

SERGIO

La Mente es la energía que gestiona la acción del cuerpo. El cuerpo no piensa, no razona, no decide. Solo reacciona a lo que la mente le ordena hacer.

JUAN CARLOS

La Energía es el espíritu, el centro, el alma de los seres humanos; cuando una persona muere, la energía que impulsa, anima o evoluciona al cuerpo, regresa a la energía total de la Existencia.

PATI

Sin mente, el cuerpo es materia inerte.

LA JUNTA (EN PANTALLA)

7 - ¿Hay espíritus en forma humana?

NO, no hay.

SERGIO

Pueden ver en las pantallas, mi espíritu, el espíritu de mis abuelos, de mi mama, etcétera, tienen su propia forma.

ANGÉLICA
No hay espíritus en forma de seres humanos. Hay un Espíritu, la Energía de la Existencia; de ella derivan los espíritus de todos los tipos.

EL ABUELO
"Los humanos crean ilusiones, que muchas veces no se ajustan a las leyes de la Existencia".

LA JUNTA (EN PANTALLA)

8 - ¿Si morimos, podemos vivir de nuevo?

SERGIO
Veamos en las pantallas lo que las cámaras captan los espíritus en plena actividad, en varios puntos de la ciudad.

En las pantallas una persona agoniza. Su espíritu es de tipo 2, poco a poco colecta toda su energía de su cuerpo, se desprende del cuerpo y desaparece en el espíritu de la Existencia. Muchos espíritus de tipo 1 esperan su turno para entrar en un nuevo espermatozoide y en un nuevo ovulo. La probabilidad de que estos dos espíritus se unan en un cigoto y formen una persona que existió en una vida anterior es infinitamente escaza. Si, se puede dar, pero, no será la misma persona de la vida anterior. Además, el DNA del cuerpo no puede ser el mismo de la persona que muere porque ese cuerpo paso a ser tierra.

ANGÉLICA
Los espíritus en los seres animados son moléculas del Gran Espíritu. Cuando un espíritu

deja su cuerpo y desaparece no puede distinguirse de las otras moléculas del espíritu global. El cuerpo muere vuelve a la materia y se mezcla con la tierra. Después de muchos años tampoco se reconoce. Es improbable que un espíritu regrese al mismo cuerpo de donde salió.

LA EXISTENCIA OFRECE UNA, Y SÓLO UNA OPORTUNIDAD.

SERGIO

Si morimos nuestra energía, alma o espíritu, regresa a la energía total del Espíritu de la Existencia.

En las pantallas unos científicos experimentan: Toman una gota de agua del mar, la guardan durante años; el agua conserva las características del océano; la devuelven al mar, se mezcla y desaparece en el agua del océano; no la distinguen de las otras moléculas del agua del océano. Lo mismo pasa con los espíritus de los seres animados, cuando dejan el cuerpo material regresan al Gran Espíritu.

LA JUNTA (EN PANTALLA)

9 - ¿Cuándo entra en un cuerpo humano?

Las cámaras captan muchos espíritus en espermatozoides y óvulos en el ballet de la fertilización. Un óvulo corre escapando del asedio de los espermatozoides. Al fin uno, y sólo, uno alcanza a ese óvulo. Ellos se abrazan se besan y grandes descargas eléctricas aparecen. Los dos espíritus se funden en uno; es el momento de la fertilización. Se ven corrientes eléctricas como rayerías. Llega la oscuridad y vuelve a aclarecer. En el piso sólo aparece un espíritu. Es el cigoto que resulta de la fertilización del óvulo. El cigoto despierta soñoliento, camina y sale del lugar.

SERGIO

La Energía se encuentra en todos los lugares del universo. Es el espíritu que produce el movimiento, el cambio, y la vida.

ANGÉLICA

Así es que la Energía entra en un cigoto - y pasa a ser un humano potencial. El espíritu, entonces, comienza a configurar el sistema metal del nuevo cigoto.

PATI

Esa explosión energética se manifiesta con malestares de la hembra embarazada unas semanas después.

ANGÉLICA

Las pantallas colocadas en la ciudad, en los hospitales muestran lugares dentro del área de estudio donde esto está sucediendo.

JUAN CARLOS

La energía está presente en todas partes; es omnipresente, omnipotente; en el instante que un espermatozoide fertiliza un óvulo, la energía ingresa al cigoto, comienza a descargar e instalar la Mente en el cigoto.

SERGIO

La Mente toma posesión del cerebro cigótico y la formación del ser hibrido, espíritu y materia (cuerpo) comienza.

LA JUNTA (EN PANTALLA)

10 - ¿Hay reencarnación?

Las pantallas siguen mostrando a los espíritus en plena actividad. Vemos los espíritus de tipo 3 que salen esperan, danzan alrededor de su cuerpo, ambulan, y luego desaparecen en la infinita extensión de la Existencia. No vuelven, El cuerpo inerte regresa a la tierra y se vuelve polvo con el tiempo, tampoco vuelve.

NO HAY REENCARNACIÓN HUMANA.

JUAN CARLOS

No hay reencarnación; Un espíritu, si vuelve, regresa a un nuevo cigoto, a comenzar un nuevo ciclo de vida. Es remotamente posible y probable, sin embargo, que una molécula del Espíritu que antes haya estado en un ser humano regrese a otro cigoto y traiga consigo ondas, vibraciones de ciclos de vidas pasadas.

PATI

La Existencia sólo da una oportunidad de vida a las criaturas animadas, incluyendo al hombre. Si un hombre administra mal su vida, ella o él, no tiene otra oportunidad. El curso de la vida o presencia es unidireccional - siempre de lo rustico a lo fino -. Avanza a un ritmo constante, con un principio y un final.

SERGIO

Pero, el final es el principio y el principio es el final. Es posible y probable que una molécula del Espíritu que una vez estuvo en un ser humano regrese a otro y excite su mente con ondas o vibraciones experimentadas en la estancia anterior.

ANGÉLICA

También, es posible que la mente de una persona tenga raíces en anteriores visitas de su espíritu a la dimensión material que se muestran en sus tendencias, gustos y preferencias.

JUAN CARLOS

El curso de la vida o presencia es unidireccional – siempre de lo rustico a lo fino –. La Vida avanza en un ritmo constante, con su principio y un final.

LA JUNTA (EN PANTALLA)

11- ¿Hay un Cielo, Shangri-La o Nirvana?

EL UNIVERSO ES EL ÚNICO LUGAR.

SERGIO

Estos son términos religiosos de creencias y fe por los cuales no expresamos ninguna opinión. La búsqueda de la Verdad es un derecho de cada persona. Pero, fuera o dentro del Espacio único que vemos, no hay otro lugar; la Unicidad del espacio limita las acciones a este espacio, como la conversión directa de materia a energía y energía a materia. La Realidad tiene una razón para todo; por eso, no hay dudas o conceptos erróneos de su verdad. La ley de causa y efecto apunta a esa razón y es un flujo hacia adelante. El flujo pasa irreversiblemente un orden, inferior a superior.

LA JUNTA (EN PANTALLA)

12 - ¿Hay un camino correcto para la vida?

AQUÍ HAY UNA FORMA CORRECTA DE VIDA.

EL ABUELO

"La perfección no es posible para los humanos. La Existencia tiene objetivos claros y lo definen sus leyes inquebrantables. Quienes entiende estas leyes, tienen una vida, en armonía, en Unicidad, con el Universo".

PATI

Unicidad con la Existencia es un estado de equilibrio para el espíritu: el espíritu está contento, satisfecho y agradecido por lo que obtiene, pero, buscando un nivel más alto y mejor con ese mismo equilibrio.

SERGIO

Este propósito no es un mandato, no es una religión. Cada individuo escoge seguirlo o no seguirlo; los humanos tienen libertad de elección.

LA JUNTA (EN PANTALLA)

13 - ¿Qué es la Mente?

JUAN CARLOS

La Mente es un sistema sobrenatural que opera el individuo humano, evalúa, razona, juzga, decide y actúa libremente. Sus tres elementos principales son el Ego, la Conciencia y la Voluntad. Cada una de estos atributos del ser humano tiene sus funciones específicas y detalladas.

PATI

Hay un cuarto elemento de la Mente, la Sabiduría. Piensa, medita sobre la Realidad y la Irrealidad, estudia e interpreta las leyes, reglas y regulaciones de la Existencia.

LA JUNTA (EN PANTALLA)

14 - ¿Hay telepatía?

SERGIO

Los seres humanos no pueden leer la mente de nadie directamente. Tal vez más adelante en el futuro.

PATI

La mente humana sólo puede comunicar sus pensamientos a través de símbolos, signos - lenguajes -. Esta es una forma indirecta de conectar las mentes.

JUAN CARLOS

Hay casos en que dos o incluso más de dos personas piensan y hablan simultáneamente el mismo pensamiento en una expresión igual o similar. Una captura casual de vibraciones del entorno, instancia, situacional o condición puede ser igual en varias mentes.

LA JUNTA (EN PANTALLA)

Gracias Sergio y miembros del equipo de investigación.

Excelente trabajo. Lo que hemos recibido a través de esta presentación resumida y el trabajo escrito es un gran volumen de información. Nos comprometemos a estudiarlo, analizarlo y responderles. Es posible que tengamos preguntas adicionales sobre cualquiera de estos puntos.

El equipo de Sergio en coro responde "Gracias". Se levanta la sesión.

UNA VERDADERA FUGA VOLUNTARIA.

Timbre de teléfono.

ANGÉLICA

Hola, habla Angélica. Sí, espere un minuto. (Recurre a Sergio); Alguien te está buscando.

SERGIO

Hola, soy Sergio. ¿Qué? (Pausa) ¿Cuándo sucede eso? Ok. (Pausa) Sí. Lo haremos ahora mismo.

ANGÉLICA

¿Qué está pasando?

SERGIO

Es el Capitán Carlson. Dice que René escapó de la cárcel anoche y puede ser que esté buscándome.

Timbre de teléfono.

ANGÉLICA

Luiza, habla por el amor del cielo, habla. ¿Cuál es el problema, no sabes? Vamos para allá ahora mismo (Cuelga). Sergio, Luiza no encuentra a Alfredo.

SERGIO

(A su celular) Capitán Carlson, mi hijo, Alfredo, desapareció de la casa. De acuerdo. Nos encontramos con usted allí, sí, vamos para a la casa principal. Adiós.

El Capitán Carlson llega a la casa principal. Los detectives buscan e inspeccionan el sitio alrededor de la casa de huéspedes.

CAPTAIN CARLSON

(Al teléfono) Sí, ajá, lo entendí, sigan buscando. (Se dirige a Sergio) Es un secuestro. Tu hijo ha sido secuestrado. Debemos esperar a que los secuestradores se pongan en contacto contigo.

Timbre de teléfono.

SERGIO

Sí, lo soy. Ok. Entiendo. Voy ahora mismo a recogerlo. (Cuelga)

Capitán Carlson, un hombre acaba de llamarme. Voy a recoger una nota que dejaron en el buzón. No quieren que contacte a la policía. Pero, debemos tener un plan.

CAPTAIN CARLSON

Ve, recoge la nota, primero, la leemos, ajá; Es bueno que ya estemos aquí. Estoy seguro de que revisarán ese lugar, ajá; así que no verán ningún movimiento.

Sergio va y trae la nota. La lee.

SERGIO

Piensa, nada le pasará a tu hijo. Sostengo mi palabra, devolveré a tu hijo ileso. Sólo quiero hablar con vos. Llama a este número y simplemente diles: "ok", luego cuelgas.

Todos leen la nota, asustados, sin saber que hacer.

CAPTAIN CARLSON

Acepta el trato, ajá. Déjalo que haga su trabajo, lo atraparemos después de que recuperes a tu hijo.

Sergio llama, acepta y espera. El Capitán llama a sus hombres; les da instrucciones y quedan esperando su orden.

Timbre de teléfono.

SERGIO

Hola, sí, ok… Ok. Aquí lo espero (cuelga). Capitán Carlson, van a enviar a un técnico en informática a la casa de huéspedes. Quieren que lo espere allí, solo.

CAPTAIN CARLSON

Ajá, ve allá y espera.

Sergio va a la casa de huéspedes. Espera. Llega un joven, con una máscara facial.

Timbre de teléfono.

SERGIO

Hola, sí, ya llego… está aquí. Ok. Lo hago ahora mismo.

Sergio instruye al hombre enmascarado sobre cómo usar el sistema para un cruce. El hombre se sienta a la consola.

Timbre de teléfono.

SERGIO

Hola. Sí, está listo para iniciar. (Pausa) Sólo toma tres minutos. Ok. Estoy esperando.

Llega René. Apunta con su arma a la cabeza de Sergio. Se acerca a Sergio, amenazante.

RENÉ

Sergio, yo ya no tengo nada que perder. Puedo matarte ahora mismo. Tengo a tu hijo en mi poder y también puedo hacer lo mismo. Mi puta vida ha sido en enorme error. Yo no la pedí. A mí me la dieron.

SERGIO
Mira René, yo puedo ayudarte...

RENÉ
CALLATE, no vine a pedir tu compasión, bebito llorón, muévete, rápido, muéstrame lo que tengo que hacer, ya. De prisa, muévete... Sólo déjame decirte que sos un gran hombre. Enfrentaste toda adversidad, la furia de mis ataques, estuviste a punto de morir. Yo no lo hice. Yo Quise cambiar mi mundo con violencia y la violencia se volvió en contra mía. Vos sos mejor que yo.

Sergio intenta hablar.

RENÉ (Continúa)
CALLATE, ESTUPIDO, embala su pistola y hala el martillo. Sólo ESCUCHAME, o te mato de una vez.

Sergio temeroso asiente con la cabeza, sin decir nada.

RENÉ (Continúa)
Si, Sergio. Siempre sentí que la vida me arrebató todo. Yo chantajeé al Padre Jorge, todo por mis celos. Pero, lo que me pasó no es culpa tuya. He oído tus charlas y creo que mi espíritu vino a pagar culpas pasadas. Yo perdí, vos ganaste.

Sólo te pido que me dejas usar tu sistema para cruzar al otro lado, una vez. Voy a reunirme con Yesenia... Cuando esté a salvo en el otro lado, devuelvo a tu hijo. Mi hombre y vos lo verán en pantalla.

Timbre de teléfono

SERGIO

Hola. Sí, está bien, llama en cinco minutos.

René se prepara, Sergio lo ayuda. René llama de su celular. El proceso comienza. Tres minutos después suena el timbre de teléfono. René llega al otro lado, llama a Yesenia. Ella aparece en la pantalla, en un Jardín de Hortensias de todos colores.

Pasan cinco minutos.

SERGIO (al celular)

Angélica, ve a recoger a Alfredo, ahora. Él está en la puerta principal. Tiene las manos atadas y la boca tapada… ¿Lo tienes? Ok, vete, llévatelo adentro… No te preocupes por mí.

La policía entra en acción. Entra en la casa, El hombre enmascarado no tiene tiempo de hacer nada. Lo capturan al operador. Llega el Capitán Carlson. Rene está en el sofá cama.

CAPTAIN CARLSON

Chicos, recojan a René y al operador.

Un detective camina para arrestar a René, comienza a desconectarlo del sistema, lo toca y se vuelve hacia el Capitán Carlson.

CAPTAIN CARLSON

¿Qué estás diciendo? Ajá, maldita sea, René está muerto, maldita sea, ajá, se escapó al otro lado. Ajá, Puede ser que se esté riendo de mí. Ok, chicos limpien este lugar, lleven este accesorio (refiriéndose al hombre enmascarado) a la base… (A su celular) Sergio no hay nada más que hacer para nosotros aquí, voy a llamar al equipo forense para limpiar tu casa.

El forense y una ambulancia llegan y se llevan los restos de René. En la pantalla de la consola de control aparece un mensaje que dice,

"LA VIDA NO ES IGUAL PARA TODOS. CADA CUAL VIVE LA SUYA. NO SE DEBE CULPAR A NADIE MAS. GRACIAS, SERGIO, SOS UN GRAN HOMBRE"

Al día siguiente, las portadas de los periódicos muestran fotos del sitio y escriben: GRAN ESCAPE AL OTRO LADO. Más tarde, las principales cadenas de televisión informan sobre el desenlace.

WISE

(Dang, Ding, Dong).

Después de una peligrosa operación exitosa, La policía rescata al hijo del Doctor Sergio Do Espiritusantos. Lo sorprendente es el escape voluntario de René Armstrong Chávez al mundo de los muertos. Él escapó de las manos férreas del capitán Carlson. El forense dictamina que la muerte de René fue un "suicidio para escapar de la justicia".

(Dong, Ding, Dang).

Los días pasan Sergio y sus compañeros vuelven a su trabajo de investigación.

UNA SEMANA DESPUÉS.

REUNIÓN FINAL CON LA JUNTA DIRECTIVA.

CASA DE HUÉSPEDES. DÍA. 10:00 AM.

El arreglo de la presentación es igual al de la reunión anterior. Pero, esta vez el equipo van a presentar el informe final de su investigación a la Junta. Este evento será trasmitido a través de WISE.

WISE
(Dang, Ding, Dong).

A continuación, presentamos en vivo la conferencia de la Junta de Investigación Científica de la Universidad de San Domingo, USD. El Equipo del Doctor Sergio Do Espiritusantos entrega su informe final sobre el mundo de los espíritus.

(Dong, Ding, Dang).

SERGIO
Estamos de nuevo con ustedes. Esta es nuestra última reunión con la Junta de Investigación.

JUAN CARLOS
El sistema activo y listo. Control de transferenciaaltablero, listoparainteractuar con miembros de la Junta; conectando los dos lados, vivo en tres, 3, 2, va.

SERGIO
Buenos días, miembros de la Junta de Investigación, nuestro equipo de investigación está listo, comencemos.

LA JUNTA (EN PANTALLA)

Buenos días Sergio y el equipo de investigación. Gracias Juan Carlos por el excelente desarrollo del sistema informático, y a Angélica Y Pati por la investigación exhaustiva y detallada. Estamos impresionados por la forma en que manejaron el secuestro de su hijo, Alfredo. El escape de René al otro lado, es una evidencia y prueba del éxito del sistema que han creado. Tenemos algunas preguntas más.

Las cámaras del sistema C.A.P. trasmiten a las pantallas las actividades de los espíritus en los lugares escogidos de la ciudad y en el laboratorio. Los espíritus de tipo 1 van de un lado al otro sin destino especifico. Ellos observan las actividades de los otros espíritus. Los espíritus de tipo 2 realizan las funciones normales de los humanos. Y los de tipo 3 ambulan alrededor de sus cuerpos que están en el proceso de la muerte. De vez en cuando salen ondas luminosas de los espíritus de tipo 1 a las cabezas de los espíritus de tipo 2. Pero la actividad de ondas luminosas entre los espíritus de tipo 2 es muy abundante. Algunas veces vemos ondas luminosas de los espíritus de tipo 2 viajando directamente al fondo – al Gran Espíritu. Algunas veces los espíritus de tipo 1 interceptan esas ondas en mandan sus ondas luminosas de regreso a los espíritus de tipo 2 que las inician.

                    SERGIO
  Gracias por sus comentarios, estamos listos para responder de la mejor manera posible.

LA JUNTA (EN PANTALLA)

15 - Experiencias cercanas a la muerte, ¿Qué son?

SERGIO ***NO HAY EXPERIENCIAS CERCANA A LA MUERTE***.

Las experiencias cercanas a la muerte no son acciones generadas al otro lado de la vida física - después de la muerte. Las narraciones de pacientes que vuelven a la vida no son conclusivas. Esas narraciones son reacciones automáticas de la mente inconsciente tratando de alimentar información a la mente consciente que no está presente. Esta conclusión está basada en la forma en que la Mente, inconsciente y consciente funciona.

LA JUNTA (EN PANTALLA)

16 - ¿Cómo funciona la mente en este caso?

LA MENTE INCONSCIENTE ES EL ALTER EGO.

El sistema C.A.P. muestra dos zonas, la mitad hacia al fondo es invisible e intangible - es el inconsciente sumamente activa. Ahí, enfoca las bibliotecas de recuerdos, los registros y archivos de pensamientos, sentimientos, concepciones, percepciones y acciones de toda la vida - desde la concepción hasta la muerte -. La otra mitad al frente, es clara, visible y tangible; es la conciencia de la realidad física (material). Las cámaras de C.A.P., captan audio y video de las dos zonas. Enfoca sobre espíritus de tipo 2; lucen como medusas transparentes, luminosas, de color infrarrojo. Las cámaras enfocan una; cuatro formas humanas la integran; se separan, pero permanecen juntas: son el Ego,

Conciencia, Voluntad y Sabiduría de la mente. El Ego tiene vicios, fuma, toma roba, miente, mata, buscas las orgias, fiestas, holganzas. Le gusta las farándulas, fama, riqueza, poder. Es egoísta, ambicioso, envidioso propenso a venganzas, saña y odio. El Ego no puede entrar en la zona del fondo, no puede ver lo que hay en esa zona. Pero es el único elemento que interactúa con la realidad, se expresa a través del cuerpo humano, en el mundo físico. La sabiduría evalúa las leyes y reglas de la Existencia y razona el propósito de la Existencia. La Conciencia vive en la zona de fondo; continuamente observa, analiza pensamiento, decisiones y acciones del Ego. Consulta con la Sabiduría, luego juzga y emite su fallo. La fuerza de Voluntad sigue las instrucciones de la Conciencia y trata de modificar el comportamiento del Ego para conformarlo con los principios, leyes y propósitos de la Existencia. El cuerpo humano ejecuta las decisiones del Ego.

Esta "Danza del Propósito" persiste a través de la vida del Ego, hasta que la persona muere y su espíritu escapa y regresa al Espíritu. Y mientras la danza se ejecuta los chicos narran sus observaciones.

SERGIO

Las cuatro partes complementarias de la Mente enfocan la evolución del *Mentúmano* – la entidad hibrida del ser humano. La Mente es un vector, fuerza, que dirige al hombre hacia su perfección: la unicidad de la Existencia.

Las cámaras enfocan a los tres tipos. Hay espíritus puros observando a los otros dos tipos – estudiando su comportamiento. Los espíritus entran en espermatozoides y óvulos. Espíritus de tipo 2 en sus actividades humanas. Espíritus de tipo 3 en el proceso de la muerte para volver al Espíritu global.

JUAN CARLOS

La población de espíritus de tipo 1 y 3 es casi igual. La población de los espíritus de tipo 2 es mayor.

PATI

La Mente, el sistema operativo del espíritu en el cuerpo, ocupa el cuerpo humano como instrumento orgánico para perfeccionar su adaptación al mundo material.

ANGÉLICA

La función operativa de la Mente es evidencia y prueba de que los humanos somos entidades extraterrestres _ El cuerpo humano no funciona racionalmente sin su mente -. Y la Mente no opera en el mundo material sin su cuerpo.

JUAN CARLOS

El Inconsciente es un procesador automático de fondo de la Mente; recompila y guarda en su gigante base de datos la información de la vida entera de la persona. No deja nada afuera. La mente inconsciente clasifica codifica y la almacena en categorías jerárquicas esta información, como en una biblioteca pública. El Ego, la Conciencia, la Voluntad y la Sabiduría usando esa información.

SERGIO

La mente inconsciente maneja neuronas de uso compartido para el Inconsciente y el Consciente. La mente consciente requisa datos e información a través de esas neuronas, y recibe de esas mismas neuronas respuestas a sus inquietudes y soluciones a sus problemas.

ANGÉLICA

La mente consciente mantiene conciencia del mundo externo a través del ego. Pero, en caso que la persona pierde esa conciencia, como en un trauma cerebral, el Ego no interactúa más con la realidad física. El sujeto no está muerto, todavía; pero, el Inconsciente cumple su función de proveyendo información a la mente consciente.

PATI

En sus últimas requisiciones, el Consciente envía dichas requisiciones cuando la persona trata de recordar, razonar, o crear algo que necesita. La Inconsciencia descarga esa información en memorias compartidas que el Consciente puede abrir. EL Inconsciente opera siete-veinticuatro desde que el embrión asume sus funciones. Por ejemplo, nuevas ideas, inspiraciones, recuerdos y similares, llegan de esta manera.

JUAN CARLOS

Hay un punto importante. No todas las percepciones pasando por el Ego. Algunas van directamente a las bases de datos de la mente inconsciente. La conciencia del Ego no se da cuenta.

SERGIO

Cuando una persona pierde su conciencia - un estado de coma - el Inconsciente continúa sus funciones -. La Mente revuelve imágenes y gnosis para satisfacer caprichos, deseos, deseos, sentimientos y emociones latentes aún no satisfechos. La Mente forma nuevas imágenes; el Consciente recoge estas nuevas imágenes; el sujeto puede recordar o no cuando recupera conciencia.

PATI

Las luces parecen ser resultado de descargas eléctricas causadas por la perturbación de las neuronas en el cerebro. El sujeto cuenta lo que siente su inconsciencia - cerca de la muerte -.

JUAN CARLOS

La Mente está en modo automático reconectando neuronas del cerebro y del cuerpo; aparecen las descargas eléctricas. Esto es normal cuando recibimos un golpe en la cabeza, vemos chispas y luz brillante.

SERGIO

La existencia almacena, conserva y distribuye el conocimiento en el universo; no puede ser creado ni destruido. Hay una realidad intangible e invisible: sentimientos, emociones, pensamientos, etcétera, y hay una realidad tangible, visible, que es nuestro mundo físico. Prestamos conocimiento de la Omnisciencia para realizar nuestra vida; pero al morir el espíritu entrega ese conocimiento a la Omnisciencia.

JUAN CARLOS
La realidad física se presenta en dos partes, la realidad perceptible y la realidad latente; por ejemplo, percibimos un grano de sal por su aspecto y sabor, pero no vemos su peso molecular o su estructura atómica, ni su composición química.

EL OTRO LADO ES LA MENTE INCONSCIENTE

SERGIO
Las evidencias apuntan que la mente inconsciente es el otro lado; que la mente consciente no tiene poder de abrir, alcanzar o manipular.

ANGÉLICA
La Mente Inconsciente recoge todo conocimiento desde el tiempo del cigoto hasta el tiempo de la muerte, tiene poder de sabiduría, pensamiento, meditación, funciones de Conciencia, sentimientos, emociones, amor y más, conoce las leyes, reglas y regulaciones de la Existencia y alimenta información a la Mente Consciente.

LA JUNTA (EN PANTALLA)

17 - ¿Podemos hablar con nuestros difuntos?

No, En Vivo o Directo, No La Hay.

PATI
Hay un camino paranormal en la dimensión de la energía que nos permite ver el comportamiento

de una persona muerta. Es una forma indirecta de conversar con las personas fallecidas.

LA JUNTA (EN PANTALLA)

18 - ¿Cuál es esa dimensión Paranormal?

EL PATRÓN DE COMPORTAMIENTO HUMANO.

ANGÉLICA

Cada persona tiene una forma única de pensar y actuar de acuerdo con la energía o espíritu en su cuerpo. Este patrón es el *"Yo interior,"* registrado, guardado y disponible en la mente inconsciente y para la mente consciente. Las personas raramente salen de su patrón de comportamiento - y si sale regresan a éste lo más pronto posible.

JUAN CARLOS

Si conocemos muy bien a una persona, sabemos cómo reaccionaría, pensaría o actuaria con respecto a condiciones o situaciones que les presentemos. Esa persona que existe en la dimensión de los muertos, es muy probable que piense y actúe de acuerdo con el patrón de comportamiento que tuvo en el mundo de los vivos.

PATI

Indirectamente, entonces, conversamos con esa persona. Mirando a sus ojos en una foto cuando preguntamos algo, posiblemente podamos escuchar en nuestra mente su opinión o respuesta a nuestra pregunta. Esa es la dimensión de la energía personal o dimensión paranormal personal, D.P.P. Los ojos de las personas son el portal paranormal a su interior, viva o fallecida.

SERGIO

Es probable que, al juntar pensamientos, palabras, frases y acciones grabadas, establezcamos el comportamiento normal de esa persona, y podemos usarlo para averiguar lo que pueda decir o hacer en una situación dada.

LA JUNTA (EN PANTALLA)

19 -¿Existe Dios?

SERGIO

La existencia de Dios no es cuestión religiosa, es el tema de la Existencia, la Realidad; es una pregunta de filosofía o teosofía. Dios es la Energía, el Espíritu de la Existencia.

JUAN CARLOS

Una entidad que exhibe Omnipotencia, Omnipresencia y Omnisciencia es un ser superior, de poderes ilimitados. Es decir, esta entidad lo sabe todo, lo puede todo, y está en todos los lugares del espacio en todos los tiempos pasado, presente y futuro.

ANGÉLICA

Siendo omnipotente tiene toda la fuerza y energía para hacer cualquier trabajo. Es capaz de desdoblarse en energía pura y convertirse en materia sólida, visible, tangible. Esa energía es capaz de crear un Universo, operarlo y mantenerlo. Siendo omnisciente tiene una inteligencia infinita capaz de crear el reglamento que regula el comportamiento del Universo.

PATI

Siendo omnipresente está en todos los puntos del espacio al mismo tiempo. Esta dispersado en el Universo, dentro, afuera y alrededor de la materia. Esta en un esperma y en un ovulo y el cigoto y funde el espíritu del esperma y del óvulo en el espíritu del futuro ser viviente. Esa entidad produce vida.

ANGÉLICA

Y por todo eso es el Amor que crea, promueve, cuida y mantiene la vida, manifestando el propósito de la Existencia de crear y mantener vivo el Universo. Ese Amor es infinito – y el Universo, existe por el Amor de la Existencia.

SERGIO

Entonces, Dios existe. Pero, no en forma humana. Esa Energía vive en las rocas, en los árboles, insectos y animales, y en el alma de los seres humanos. Dios es el Espíritu, la Energía de la Existencia.

LA JUNTA (EN PANTALLA)

Agradecemos mucho, Sergio, Angélica, Pati y Juan Carlos. No tenemos más preguntas. Estamos comprometidos a estudiar y responderles pronto.

El equipo respondió afortunadamente: "De nada, a sus órdenes."

JUAN CARLOS
Desactivación del sistema en tres, 3, 2, ya,

PATI
¡Vaya! Chicos, ¿estoy soñando? ¿Es esto cierto o lo estamos inventando?

ANGÉLICA
No, claro que no. Es tan profundo que nos preguntamos al respecto con asombro.

JUAN CARLOS
Oigan, cálmense señoras, lo que hemos hecho es verificar si estamos bien o mal.

JUAN CARLOS
Mi buen amigo, ahora eres libre de terminar tu obra, "VIAJE AL MUNDO DE LOS MUERTS. ESCAPE AL OTRO LADO". (Pausa) Puedes publicarlo. ¿Necesitas ayuda?

SERGIO
Si, gracias. Recuerdo cuando comenzamos en 2022, en nuestro primer año de universidad, y nos tomó nueve años para llegar aquí.

(TRES MESES DESPUÉS)

RECONOCIMIENTO PROFESIONAL.

EN EL TEATRO DE LA UNIVERSIDAD DE SAN DOMINGO, TEATRO. DE DÍA.

Dr. Portillo y los miembros de la Junta de Investigación se reúnen en una conferencia. Los cuatro jóvenes científicos están presentes.

DR. PORTILLO
Es un honor presentarles un Certificado de Excelencia por la investigación de "Qué es el otro lado," - la dimensión después de la muerte - al equipo de investigación dirigido por el Dr. Sergio Do Espiritusantos. Por favor suban al escenario.

Sergio, Angélica, Pati y Juan Carlos, suben al escenario. Cada uno de los chicos en pocas palabras agracen a la Junta el reconocimiento. Luego, los cuatro chicos abandonan el escenario. Los aplausos duran muchos minutos.

UN AÑO DESPUÉS.

CASA DE HUÉSPEDES. DÍA. 16:00

SERGIO
Aquí estamos chicos, ayer tuvimos nuestra gran fiesta de graduación. Después de estos años de arduo trabajo e investigación intensiva. Recibimos el doctorado en nuestros campos. Y no hemos celebrado.

JUAN CARLOS
Oye, no te pongas sentimental.

PATI
Sí. Sergio, parece que fue ayer cuando Angélica y vos se casaron.

SERGIO
Cierto, Pati. Así parece.

El Casamiento de Angélica y Sergio

ANGÉLICA
Ahora soy yo quien se pone sentimental.
Recuerdo vívidamente ese día.

La mente de Angélica vuela a ese día.

Recuerdo de:

La Ceremonia de matrimonio de Angélica Y

SERGIO.
AÑO 2023.

SANTO DIEGO COUNTRY CLUB. DÍA.

El lugar está lleno de gente; cerca de doscientas personas se reúnen en la boda de Sergio y Angélica. En el centro un altar listo para la ceremonia. La banda en vivo toca música de su tiempo. Todos en su mesa. El sacerdote espera en el altar. Sergio también espera a un lado del altar junto a Juan Carlos, su padrino, y su padre. Angélica camina por el pasillo central con su padre. Su vestido de novia y velo, las luces brillando sobre ella, más las luces de las cámaras parpadeando. Todo es espectacular. La ceremonia continúa y al final llega la esperada y famosa frase, "Los declaro marido y mujer".

Aplausos.

Angélica de pie frente a Sergio, con los ojos abiertos y brillantes, espera pensando en lo que viene a continuación - El beso con pasión de amor verdadero, sin restricciones.

ANGÉLICA

Sergio, mi amor, hubo días cuando pensé que este evento no era posible. Me alegro de que nos entendamos ahora. Mi corazón, mi alma y mi mente son para ti. Supongo que me guardo para ti y solo para ti.

SERGIO

No tiene sentido volver atrás, tenemos muchos días, años por delante para nosotros y nuestro hijo.

Se escuchan los corchos de las botellas de champán estallando, los vítores y gritos, las bromas y risas. Un cantante acompañado por la banda interpretando el Ave María de Schubert.

SERGIO

Es para ti, para nosotros, Angélica.

La fiesta continúa por horas. Ellos caminan hacia la limosina que los espera. La multitud los ve caminar hacia la salida; se levantan y los siguen. Todos con cajas en sus manos corren para estar frente a la pareja casada.

ANGÉLICA

Nunca he sentido tanto arroz lloviendo sobre mi cabeza; el suelo parece cubierto de nieve.

Finalmente dejan atrás a los invitados. Sergio y Angelica se fueron en su viaje nupcial. La gente quedo atrás batiendo sus manos con el despido.

Timbre de teléfono

PATI

Sí, si soy yo, ¿Quién habla? Sí, sí, por supuesto, mañana por la mañana, a las nueve, en la oficina del capitán Carlson. ¿Muestras de Sangre?

(Pausa) Sí, tenemos muestras en el banco de sangre del hospital. Ok, lo entiendo. Enviaré una, sellada, en cadena de custodia.

JUAN CARLOS

Amor, ¿De quién es esa llamada, a esta hora?

PATI

No seas celoso. Pero te digo, es un novio mío que me llama.

JUAN CARLOS

Oye, ¿lo conozco?

PATI

Tonto, no es nada de eso. No tengo un corazón más para regalar. El que tenía ya te lo di a vos. Te lo diré, cuando obtenga más evidencias.

JUAN CARLOS

Ajá, secretos médicos, ¿Verdad?

PATI

Sí, cubierto por la privacidad de los pacientes.

Las bromas continuaron en su camino a casa.

(El RECUERDO DE LA BODA TERMINA).

(TRES SEMANAS DESPUÉS).)

RESCATAN A JENNIFER.

Timbre de teléfono.

PATI

Hola, sí, capitán Carlson, por supuesto, tráigala a casa. No, espere, mejor llévenla a casa de Sergio, nos vamos a reunir allí esta tarde, como a eso de las tres de la tarde.

Esa tarde las familias vienen a escuchar a Sergio anunciar su nuevo proyecto. Sergio comienza a explicar.

SERGIO

Quiero que sepan que nuestro grupo recibió reconocimiento de grupo de investigación independiente. Nos dan otro Proyecto.

Timbre de puerta.

PATI

Hi, capitán Carlson, bienvenido, entre.

CAPTAIN CARLSON

No tengo mucho tiempo. Sólo quiero presentarles a la señorita aquí conmigo.

Aquí están sus documentos de identificación y credenciales. Confirmamos que la documentación es cierta. Pueden llamarme si necesitan de más ayuda. Adiós.

PATI

Esta señorita es Jennifer Peña Blanca, hija de Horacio y Cecilia Peña Blanca, hermana de Juan Carlos. Ella fue encontrada después de unos veintitrés años.

La noticia calló como un balde de agua a punto de congelarse. El impacto emocional es tan profundamente e intenso que sólo pocas personas pueden soportarlo. El tiempo se detiene, se pierde el habla, el pensamiento queda en suspensión animada. La noticia es una sorpresa y sus mentes caen en profundo silencio. Horacio mira a la bella y elegante joven, rubia de ojos azules. Juan Carlos no puede moverse, no puede hablar. Jennifer, de 27 años, delgada, elegante, alta, bien vestida, se encuentra allí, de pie, observando las reacciones emocionales de sus familiares para ella unos extraños. Cecilia desmalla.

ANGÉLICA

Sergio, tráeme mi bolso, Pati, ven corriendo.

Los dos médicos trabajan en Cecilia.

JUAN CARLOS

(Camina hacia Jennifer), ven hermana, siéntate. (Se vuelve hacia su papá) ven papá. (a su hermana) Jennifer, hermanita, te hemos extrañado tanto todo este tiempo. Hoy liberaste mi alma de la gran culpa que sentía por no cuidarte aquel día.

Juan Carlos y su papá abrazan a Jennifer en un sólido abrazo de amor, inmersos en un diluvio de lágrimas. El tiempo pasa; Cecilia vuelve en sí, busca a su hija y corre a unirse a su familia envuelta en ese tierno abrazo de amor. Nadie habla. Sólo se oye el susurro de largos suspiros. Sergio camina hacia Angélica.

SERGIO
Las felicito Pati y Angélica por su coraje y acciones exitosas que haciendo posible este milagro. Dejémoslos en paz; ellos tienen 24 años de vida del pasado de los que tal vez quieran hablar en familia. Vengan, caminemos por la colina.

EL ABUELO
No sólo se persigue el otro lado, lo que hay después de la muerte. También se busca lo que hay detrás de la incertidumbre - cuando ya las esperanzas están muertas es cuando los eventos inesperados son los milagros de la vida. Entonces, el jardín seco detrás de los sentimientos renace y florece irrigado por lágrimas de dolor y alegría mezcladas en el silencio de la verdad escondida.

Timbre de Teléfono

SERGIO
Hola. Si, capitán Carlson; que sucede ahora, no me diga que René viene a matarme.

CAPTAIN CARLSON
Precisamente, Sergio, recibí una postal con remitente del "Otro Lado" que dice:

Estimado Captain Carlson y Sra.

René Armstrong Chávez y Yesenia Flores Rojas
Tienen el gusto de invitarlos a su Boda
en la primavera entrante.
Lugar: El Otro Lado.
Hora: Al caer la tarde

P.D. Tal vez aquí me atrapa y me lleva
de regreso a la Tierra.

SERGIO
Si, capitán Carlson; tal vez él me invita a mí también y entonces vamos juntos. (Risas)

Sergio camina por la colina con Angélica a su derecha y Pati a su izquierda, caminan riéndose a carcajadas. El sol esplendoroso se esconde en su propio ocaso. La tarde oscurece y poco a poco un manto oscuro envuelve la noche. Ellos Desaparecen en el horizonte como si escaparan al otro lado.

AÑO 2034

Día siguiente después del documental

Avance Tecnológico.

SALA DE LA CASA DE HUESPEDES. 6:30 PM.

Las paredes exteriores de la casa no tienen ventanas. En las paredes interiores de la sala de estar grandes pantallas de televisión sirven de ventanas. Esas pantallas muestran los cuatro lados del exterior de la casa, de forma manual o bien usando detectores de movimiento. Los dispositivos electrónicos como las tabletas, computadoras de escritorio, computadoras portátiles y teléfonos celulares conectan automáticamente al sistema tan pronto tan pronto como se encienden. Un "Dron' de pasajeros llega y aterriza en el área de estacionamiento de la cima de la colina.

SERGIO
(Mirando la pantalla de TV)
Angélica, está llegando un flotador… Es Juan Carlos, Pati y sus hijos.

Sergio y Angélica, ambos de 31 años, caminan hacia la puerta. Saludan como siempre lo hacen. Pati, y Angélica caminan hacia el bar. Los niños van a la sala de juegos en busca de Fred. Juan Carlos, y Sergio caminan hacia la sala de estar. Unos minutos más tarde las chicas vuelven con bebidas.

JUAN CARLOS
La tecnología avanza cada día. Sería bueno que avanzara más rápido para el proyecto. Me gustan los autos auto conducidos y los flotadores; el servicio de "Flota-a-tu-destino" es increíble, lo llamas, vienen, subes y te llevan a tu destino – mejor y más seguro que como era Uber.

SERGIO

Nos encanta ver las proyecciones del sistema planetario en el cielo raso, por la noche. Pero me gusta más el Sistema Mundial de Información, (WISE - siglas en inglés), sirviendo a la educación académica en línea. Esta empresa posee y proporciona datos e información al público mundial. La gente estudia por su cuenta siguiendo guías educacionales en este sistema de información mundial. Luego, pueden tomar las pruebas de capacitación y obtener sus certificaciones. Es gratis; quien no estudia es porque no quiere.

PATI

De acuerdo. La educación remota y los métodos de aprendizaje aplicado (REALM - siglas en inglés) es fantástica. Sigue metodologías mundiales en cualquier idioma. Niños y adultos aprenden, estudiando texto, audio y video en pantallas de televisión. Hago mi investigación usando el Interactúa, (INTERACT, en inglés); Pregunto, y obtengo respuestas en una pantalla de televisión, en minutos.

SERGIO

Aquí tenemos pantallas de TV de 8 por 10 cubriendo las paredes. Se conectan al INTERACT y a WISE. Es nuestro lugar para vivir y trabajar. Me gusta trabajar desde casa. Utilizo WISE e INTERACT para impartir mis clases. Las noticias llegan automáticamente de cualquier parte del mundo.

JUAN CARLOS

Mi favorito es INTERACT, una aplicación mundial de Internet. Es un sistema "todo en uno". Reemplaza los antiguos "Scape," "GoToMeeting, Zoom" y otros. Absorbe las viejas aplicaciones, obsoletas de redes sociales como "Twitter, Facebook, Instagram, Messenger," etcétera.

ANGÉLICA

INTERACT es increíble. Si quiero comida mediterránea para la cena, descargo una receta al control de la cocina y la cocina hace la comida para nosotros.

JUAN CARLOS

Sí, esa es la tecnología actual. Me pregunto qué viene en otros veinte o treinta años por delante. Tal vez podamos hablarnos de mente a mente.

PATI

Estoy muy feliz de que, en el campo de la medicina, el cáncer ya no sea una amenaza vital. El procedimiento de cirugía láser es el estado del arte.

(suspiros)

No hay problemas críticos con operaciones de corazón abierto, cerebro, neurológicos, etcétera.

ANGÉLICA

Hoy en día, la psicología avanza tanto que las personas pueden auto diagnosticarse,

WISE prescribe formas de resolver problemas mentales y la persona gana autocontrol.

EN EL COMEDOR DE LA CASA DE HUÉSPEDES.

DÍA, LAS 7 A.M., PASADA.

ANGÉLICA

Aquí estamos por la mañana, desayunando. Programamos la preparación del desayuno a las 6:00 AM. La cocina robótica hace el desayuno.

Angélica, Pati, Juan Carlos caminan a la sala de estar. A un lado, frente a tres de las grandes pantallas de TV hay un escritorio de consola con forma de boomerang. Dos pequeños monitores de computadora en ese escritorio. La pantalla del televisor en el medio sirve como tablero del sistema. Un gran sofá seccional, dos sillones reclinables y sillones adicionales se encuentran detrás del escritorio del tablero. Los miembros de las cuatro familias Están sentados allí para ver el viaje épico.

WISE

Así concluimos la presentación del documental que apoya el evento de Mañana, a las 10:00 a.m.
(Dong, Ding, Dang).

FIN DEL DOCUMENTAL

BACK TO THE PRESENT

De regreso al presente, al siguiente día.

WISE
(Dang, Ding, Dong.)
Buenos días, son las 9:45 AM en San Diego, California. Estamos a quince minutos del comienzo del histórico viaje épico a la dimensión de los espíritus. Nuestros afiliados transmiten desde la residencia del Dr. Sergio Do Espiritusantos, está a partir de ahora.

(Dong, Ding, Dang.)

MISMO DIA, 9:55 AM.

EL PROCESO DEL ESCAPE.

Este proceso está estructurado en cinco etapas. Etapa uno: Es la preparación del sistema y el acondicionamiento del viajante al mundo de los muertos. Etapa dos: es la activación de captación de los espíritus en acción. Etapa tres: Es la observación, estudio. Etapa cuatro es e interacción con los espíritus de los tres tipos. Etapa cinco: Es el retorno a la vida material.

Etapa 1.

Los cuatro miembros del equipo de investigación están en sus lugares; comienza la preparación del viaje. Sergio toma su posición en el sofá-cama.

ANGÉLICA

El panel de control está listo para la asignación de funciones.

SERGIO

Juan Carlos toma el control de la aplicación informática. Angélica, toma el panel de control… Pati, maneja los sistemas de soporte vital... Activen los sistemas… establezcan, prueben componentes e informen.

ANGÉLICA

Panel de controles principales, activo, comprobado y listo.

PATI

Equipo de apoyo médico, activo, revisado, listo. Subsistemas de captura de audio y video y dispositivos interactivos cerebrales, activos, listos.

Etapa dos.

SERGIO

Angélica, enciende las grabadoras. Pati, establece el monitor de tiempo en dos minutos; administra medicamentos. Monitorea mi nivel de energía hasta el umbral del 15%. Juan Carlos,

cambia todos los subsistemas a funcionamiento automático. Te hablaré desde el otro lado.
   (Short pause)

ANGÉLICA
   Contando: 30 segundos… 1 minuto… 1.5 Minuto… 2 minutos… Pasa control a PATI, está configurado en tres. 3, 2, va.

PATI
   La energía del cuerpo cae rápidamente; acercándose al 60%... 40%... 30%... 15%... Nivel de energía estabilizado al 15%... firme… firme… establecido en tres. 3, 2, va.

JUAN CARLOS
   Frecuencias de audio y vídeo transmisor y receptor activo… Llegan imágenes cerebrales.

ANGÉLICA
   Entra Sergio, entra. Esperando tus señales… Entra Sergio, entra… Esperando tus señales.
   (LARGO SILENCIO.)

El equipo médico auditor garante de la veracidad del evento revisa la información en los dispositivos y las grabaciones del estado anímico de Sergio. Dan la señal de que Sergio está en estado inconsciente a la orilla de la muerte. Las máquinas de soporte de vida mantienen vivo a Sergio Una pequeña falla puede quebrar el balance energético y no podrá volver a la vida. El silencio se prolonga, el riesgo aumenta.

WISE
(Dang, Ding, Dong.)
Interrumpimos nuestra transmisión en vivo desde el estudio del Dr. Do Espiritusantos para informarles que el equipo está teniendo dificultades de comunicación. Hablamos con el Dr. Santos. Él nos explicó que esta dificultad no es crítica. Sergio no está en ningún peligro vital. Volvemos a nuestra transmisión en vivo.

(Dong, Ding, Dang.)

JUAN CARLOS
Pati, verifica conexiones del casco cerebral. Angélica comprueba indicadores en el diagrama de flujo del proceso. Apaga y enciéndelo, una vez.

PATI
Ok. Equipo de apoyo médico positivo. Signos vitales constantes, pulso en el nivel más bajo, constante. Presión arterial como se esperaba.

Etapa tres.

ANGÉLICA
Ondas cerebrales desde el casco al transmisor/receptor activo. Vienen señales de onda positiva. Sergio, puedes escapar al otro lado; estás en la dimensión posterior a la muerte. Eres un muerto-viviente. Disfruta.

El sistema WISE por un momento vislumbra a las personas que ven el evento en todo el mundo. Los vítores impresionan como nunca antes se había visto. WISE vuelve a la transmisión en vivo.

JUAN CARLOS
Angélica, comprueba imagen en monitores de la consola.

ANGÉLICA
Positivo; Sergio las pantallas captan tu imagen; los altavoces reproducen tu voz. Tu papá te está mirando.

SERGIO
Perfecto. Señores, estoy del otro lado. Que conste, estamos en octubre de 2034. Casualmente es mi mes de cumpleaños.

WISE
(Dan, Ding, Song)
Las pantallas de televisores alrededor del mundo muestran el Escape del Dr. Do Espiritusantos - el mundo de los muertos -. Las imágenes vienen a través de su cerebro. Sergio está en el mundo de los espíritus. En este momento Sergio es un espíritu más en esa dimensión. Veamos que pasa en el otro lado.
(Dong, Ding, Dang.)

Desde el Otro Lado

JUAN CARLOS
¿Qué hay allí, en ese otro lado? Describe lo que ves.

SERGIO
Parece un vacío infinito, como una cámara de eco, pero no hay eco. La luz es brillante pero no molesta mis ojos. Puedo ver en cualquier

dirección; es un espacio sin fin. Solo puedo
ver a cierta distancia, hay una nébula o niebla
que nubla mi visión más; no veo claro más allá
de ese punto. Estoy flotando. Todo es calmo,
hay una gran tranquilidad.

ANGÉLICA

¿Ves gente?

SERGIO

Si, si hay espíritus dentro de mi horizonte
esférico. Escucho voces, pero no entiendo lo
que dicen. Mas allá de mi horizonte veo gente
que no conozco. Todo es como un recuerdo o un
sueño.

JUAN CARLOS

Sergio, explora tu entorno… reporta lo que
ves.

SERGIO

Floto y me deslizo. Mi horizonte esférico
se mueve conmigo, manteniendo su distancia
establecida. No veo lugares aislados… todo es
un sólo lugar infinito. No hay arriba ni abajo,
ni derecha ni izquierda, ni delante ni atrás.
No hay puntos de referencias. Veo ciudades,
calles, carreteras, veo campos agrícolas, y
todo igual como las vemos en la tierra. Es
algo así como si estuviera recordando lo que
he visto en la vida desde que nací hasta la
fecha actual.

PATI

¿Puedes saber qué hora es?

SERGIO

No. Aquí no hay tiempo; este lugar no tiene tiempo. Puedo desplazarme al pasado o al futuro muy rápido, casi instantáneamente usando cadenas o secuencias de eventos, acciones presentes y proyecciones de causas (situaciones, condiciones y circunstancias) que apuntan al futuro. Pero, es siempre como si fuera presente.

ANGÉLICA

¿Hasta dónde puedes deslizarte hacia el pasado?

SERGIO

Rayos, acabo de ir a mi nacimiento. Las imágenes son borrosas o descoloridas, pero veo a mi madre. El edificio no parece un hospital. ¿Qué es eso papá? No me has dicho dónde nací. Veo imágenes borrosas de mis juguetes, me veo llorando en mi cuna.

THIAGO

Ese es el edificio de la escuela de medicina. Naciste allí, en la universidad.

PATI

Trata de ver el futuro.

SERGIO

Vuelvo; yendo hacia el futuro. Hay muchas rutas... Veo causas que comienzan desde donde estoy de pie... en el presente, conduciendo hacia el futuro.

JUAN CARLOS
¿Causas? ¿Como en causas y efectos?

SERGIO
Sí, eso es todo. Pero... No veo los efectos de los caminos más allá de mi horizonte brumoso. A medida que doy un paso adelante, mi horizonte se mueve y veo más de los efectos.

ANGÉLICA
¿Cómo eliges un camino?

SERGIO
Mi decisión es la clave para abrir un camino. No puedo entrar en el futuro si no elijo un camino. Entonces, tengo que tomar uno. Si me muevo hacia los lados surgen diferentes caminos. Las condiciones cambian incluso si no me muevo; aparecen nuevos caminos.

PATI
¿Puede darnos un ejemplo de lo que ves?

SERGIO
Sí, por ejemplo, veo la pandemia de COVID-19 en 2020. Si Trump hubiera tomado el camino de hacer algo para parar la pandemia, mucha gente estaría viva; ese camino es limpio, aunque lleno de actividades políticas perjudiciales para el presidente. Él decide no hacer nada. El COVID-19 cambia el curso físico y mental que el mundo tenía antes de febrero de 2020. La situación mundial actual es un efecto directo de las causas de la pandemia. Veo causas y efectos a lo largo de este camino hasta el

presente. Mi horizonte esférico me permite ver que la pandemia termina en dos años más o menos.

JUAN CARLOS

Sigue viendo, estamos grabando lo que nos relatas y lo que observas. ¿Ves libros, bibliotecas, escuelas y similares?

SERGIO

Imágenes como en un sueño. El conocimiento está en el espacio, noto que, si pienso, el conocimiento viene en forma de pensamiento. No tengo que buscarlo. Es como un medio siempre presente, siempre completo. No hay más conocimiento fuera de este espacio, parece eterno. Ok, chicos me dan tiempo para ver y hablar con mis abuelos y mi mamá. Esperen, aparece René.

RENÉ

Hola señores del mundo. Confieso que fui el villano en la tierra. Tenía una misión que cumplir y muchas lecciones que aprender; como de hecho lo hice. Sufrí, y conocí el odio la venganza, y aprendí lo que eso es. Les deseo lo mejor.

JUAN CARLOS

Una última pregunta. ¿Ves ángeles?

ANGÉLICA

Por supuesto, Sergio, avísame cuándo hayas terminado de establecer la cuenta regresiva.

SERGIO
Juan Carlos, no veo ángeles. No hay personas con alas. Los ángeles no necesitan alas para volar. Estoy llamando a mamá, papá prepárate. Aquí viene. Cuanto tiempo tengo.

CAROL
Hola mi queridísimo amor. Te extraño. Pero siempre estoy contigo, protegiéndote. ¿Cómo están mis bebés?

THIAGO
Aquí están. En su portador (risas). Vengan, bebés, aunque ya no son bebés, ya están grandes; saluden a tu mamá.

SERGIO
(YESENIA, YESENIA. Aquí está ella).

JUAN CARLOS
Hola, chicos, mantengan la configuración; las ondas cerebrales son fuertes y constantes. Ok. Sergio, señor Sergio, continúe. No te queda mucho tiempo, debes regresar.

YESENIA
Hola, gente, sé cómo lo están pasando, muy bien; pero todavía estoy aprendiendo de Carol. Te sugiero que vuelvas.

SERGIO
Tu dimensión es toda VERDAD; Yesenia, ¿las palabras, tus pensamientos en tu carta (de hace tiempo) para Juan Carlos, son ciertas?

YESENIA

Sí, entonces eso es cierto. Cuando René intenta violarme; salvaste mi honor, mi virginidad y mi vida. Sentí que te debía todo eso. Entonces, no respondí a Juan Carlos. El amor aquí es diferente; Es la Verdad universal. Vos y yo nunca tuvimos una relación amorosa; nunca pasamos de nuestra relación amistosa. No dejes que los sentimientos y emociones terrenales superen tu felicidad. Veo que Angélica realmente te ama. Sé feliz con ella.

Llora. Luego, pasa tiempo con su madre y sus abuelos.

PATI

Sergio, debes regresar ahora; no puedo mantener el nivel de energía con más medicaméntenos y nutrientes. Estarás muy debilitado cuando vuelvas.

SERGIO

Ok, chicos. Estoy enviándoles mi amor desde el Cielo. Volveré en unos cuantos minutos. Pati, Angélica, comiencen la cuenta regresiva.

Etapa cuatro.

ANGÉLICA

Iniciamos el proceso inverso, los controles establecen el tiempo en veinte minutos.

Veinte minutos más tarde, Sergio regresa a la tierra.

SERGIO

Hola, chicos, me alegro de que la vida se vaya. La realidad es la verdad. Estoy débil, necesito descansar. Pati y Angélica, están esperando, ¿No? Debo asegurarme de estar bien para la conferencia a las 3:00 PM. Nos vemos en un par de horas.

ANGÉLICA

Obtuvimos más de lo que esperábamos. Su estancia en el otro lado fue más larga de lo programado.

PATI

Siento que pronto conoceremos la Verdad completa sobre el otro lado. Tal vez, el escanéo de sus actividades cerebrales nos dice lo que en realidad sucede en nuestras mentes.

WISE
(Dang, Ding, Dong.)
Así concluye la presentación en vivo de Escape al Otro Lado. Volvemos a nuestros programas normales.
(Dong, Ding, Dang.)

El equipo de investigación está emocionado, logran un hito histórico. Es una nueva frontera un escape al otro lado. La junta de investigación y el equipo de investigación planea realizar viajes adicionales al otro lado para estudiar la realidad de la dimensión de la vida después de la muerte. Más experimentos sobre este asunto.

La Conferencia de Prensa

TRES HORAS MÁS TARDE EL MISMO DÍA.

WISE
(Dang, Ding, Dong.)
¡NOTICIAS DE ÚLTIMA HORA!
Vamos a la casa del Doctor Do Espiritusantos para transmitir en vivo la conferencia de clausura de este evento. El Doctor Do Espiritusantos escapo a la dimensión de los muertos, el otro lado, y regreso.

(Dong, Ding, Dang.)

PATIO TRASERO DE LA CASA DE HUÉSPEDES. DÍA, PASADAS LAS 2:30 PM.

WISE
Una gran tienda cubre una parte del patio trasero; los trabajadores alinean las sillas formando un anfiteatro como arreglo. El porche de la casa, cinco escalones arriba del nivel del suelo, sirve como escenario. Un podio se encuentra en el centro de los escalones de 10 pies de ancho. Siete sillas se alinean detrás del podio, cuatro a la derecha, tres a la izquierda. Quince sillas en el centro de la primera fila en el nivel del suelo tienen una etiqueta "RESERVADA". Dos altavoces en trípodes se encuentran en los extremos derecho e izquierdo del porche. Todo está listo para la conferencia. Los invitados especiales y el público entran en busca de un lugar para sentarse. Comienza la conferencia; El Doctor Santos presenta al Doctor Sergio Dó Espiritusantos.

SERGIO

Gracias, doctor Portillo. Gracias a la Junta de Investigación que patrocina nuestra investigación... Lo vieron todo en la televisión; hay poco que pueda agregar. Pero responderé algunas preguntas que tengan. Por favor, entreguen sus preguntas a la Junta de Investigación, el Doctor Santos las leerá.

DR. SANTOS

¿Qué te impulsa a cruzar al otro lado?

SERGIO

La Junta de Investigación programa repetir la película documental sobre las bases y desarrollo de este evento. Te invitamos a verlo en WISE, mañana en la noche a las 7:00 PM.

DR. SANTOS

¿Estás tratando de desacreditar la creencia de que hay un purgatorio, un infierno y un paraíso más allá de esta vida?

SERGIO

Nada de lo anterior. La creencia personal es un derecho inalienable. El propósito de nuestro trabajo es establecer una nueva frontera. Queremos saber si la vida continúa después de la muerte, buscando la posible forma de comunicarnos con los seres queridos fallecidos.

DR. SANTOS

¿Haces esta investigación porque perdiste a Yesenia, el amor de tu vida?

SERGIO

Miren la película documental mañana en la noche, si no lograron verla anoche. Esta película muestra los detalles y las razones que respaldan la investigación.

DR. SANTOS

¿No es cierto que, si demuestras que el otro lado está vacío, también demuestras que no hay infierno, purgatorio y/o cielo?

SERGIO

No, la base de nuestra investigación no tiene motivos religiosos; la base trasciende los límites del amor físico, un amor que existe más allá de la muerte.

DR. SANTOS

Vimos mucho en la televisión esta mañana, ¿lo preparaste para el programa?

SERGIO

Espero que no estés sugiriendo que soy un engañador. No. El espectáculo es lo que ves es lo que obtienes. En un estado cercano a la muerte no hay conciencia, percepciones o pensamiento voluntario. Sólo hay inconsciencia. Yo estuve en estado inconsciente durante este evento.

DR. SANTOS

La película se proyectará mañana a las 7:00. ¿Tal cómo y cuándo se filmó?

SERGIO

Esta película es un documental de las causas - situaciones y condiciones - de la vida que condujo al evento que vieron esta mañana. Los episodios están tomados de nuestras biografías a medida que se sucedieron, con el apoyo de la policía, Archivos del hospital y los documentos recopilados y verificados por WISE.

DR. SANTOS

No más preguntas. Le agradecemos su atención. Que tengas una gran tarde

WISE
(Dang. Ding. Dong.)

WISE transmite desde todo el mundo las reacciones en vivo de las personas que siguen este acontecimiento histórico. Sí es cierto, la comunicación posterior a la muerte puede ser un avance científico sin precedentes.

(Dong. Ding. Dang.)

Las pantallas de televisión muestran los vítores entusiastas, en las principales ciudades y países del mundo. WISE toma el resto del horario estelar de la tarde y noche mostrando comentarios en varios niveles sociales, políticos y económicos. La capacidad de hablar con los espíritus del otro lado va más allá del alivio de los dolores y tristezas personales en nuestras almas.

Pati y Angélica están en la cocina preparando café para todos.

Al Siguiente Dia

El equipo de investigación de Sergio está de nuevo en la casa de huéspedes trabajando en su nuevo proyecto, con el mismo entusiasmo, la misma alegría, el mismo humor.

La cámara enfoca la casa de huéspedes, el patio, la ciudad de San Diego, la región de California, los Estados Unidos, el planeta tierra hasta que la vista abarca el firmamento con todas sus estrellas.

La música de fondo es la canción "Llévame al Otro Lado," de los Doors,

FIN DE LA TERCERA PARTE

Fin de la historia

EPÍLOGO

Es normal expresar nuestro deseo de ir al otro lado cuando un ser querido nos deja. El dolor en nuestras almas, como en el alma de una madre, es tan intenso que también queremos dejar este lugar. Por ejemplo, el dolor de un niño que pierde a sus abuelos, luego pierde a su madre, e incluso a una amiga cercana. La sensación de soledad, el espacio que queda en nuestros corazones es más de lo que podemos soportar la mayor parte del tiempo.

Desde los primeros años de nuestras vidas, nos dicen, que vamos a un lugar como el Cielo, Nirvana, Shangri La, cuando morimos. Sea cual sea el lugar, lo que cuenta es el concepto. Un lugar de descanso y paz eterna, donde no hay más tribulaciones, no hay más sufrimientos. Entonces, crecemos con estas ideas, estas creencias hasta que morimos nosotros mismos. Pero si vamos a un lugar como estos cuando morimos, entonces, es natural pensar que hay vida en ese otro lugar. Nos dicen que hay espíritus, almas en penitencia, almas en los lugares mencionados, y les rezamos, les pedimos favores. Las personas, buscan comunicarse con el espíritu de sus seres queridos difuntos. Hemos dado por sentado que nuestros seres queridos difuntos continúan viviendo, en la forma en que vivieron aquí en la tierra; eso lo creíamos. Pero nadie ha estado nunca en ese otro lado. Por eso, es normal que alguien intente buscar una manera de ir a ese otro lado: la dimensión después a la muerte. Entonces, eso es lo que Sergio ha hecho, con la ayuda de sus amigos.

Algunas personas narran historias de experiencias cercanas a la muerte. Hablan de un sitio luminoso, tranquilo y pacífico; algunos incluso narran eventos pasados y destellos de uno futuro. Sergio en sus viajes al otro lado no encontró ninguno de estos. Pero no hay tales lugares, ¿verdad? El Universo es un lugar único, único e infinito que contiene todo lo que tiene que contener. No hay otros lugares fuera del Universo. Sabemos que el espacio del Universo tiene Energía y Materia. Materia que existe dispersa por todas partes, y Energía que está en todas partes en varias formas. Sabemos que las fuerzas de energía se combinaron para producir la Gran Explosión que produce la materia del Universo. Entonces, podría ser que la Energía es el espíritu de la Existencia y todo lo que hay en el Universo.

Y así, vivimos en esta vida en forma de cuerpo material, pero el verdadero "yo" es invisible e intangible, en forma de espíritu. Entonces, si tomamos este espíritu como la energía que anima los cuerpos humanos, y/o criaturas vivientes, es lógico concluir que la Energía es el espíritu de la Existencia, incluyendo todo el Universo. Bajo este concepto podemos decir que hay un espíritu. Pero no existe en forma de cualquier vida.

Por otro lado, la vida se basa en el conocimiento. El conocimiento es la sustancia prima del razonamiento, y el razonamiento es la función superior de la Mente. Sin conocimiento la Mente no puede operar. Sin Mente el ser humano no puede vivir una vida normal. La muerte es el estado final de la Mente. Realmente, la muerte es el punto de inflexión para la existencia de las criaturas animadas, cuando los seres cambian su forma de vida. La muerte del ser humano deja residuos, un cuerpo que vuelve a la condición de materia inerte, y la energía que vuelve a la reserva universal de energía. ¿Por qué? Porque la energía y la materia son dos estados de la misma sustancia y esta sustancia no puede ser creada ni destruida. Por lo tanto, somos energía antes de la vida, durante la vida, y después de la vida.

La Mente tiene dos lados: el Consciente y el inconsciente. Por un lado, somos conscientes de nosotros mismos y de nuestro entorno, y por otro lado no lo somos. Pero no porque no haya nada allí, sino porque no somos conscientes de la operación inconsciente de la mente. La mente consciente conecta nuestro ser interior con la realidad física. El inconsciente es la caja negra de la vida de un ser humano. La función inconsciente es registrar cada gnosis – una molécula de conocimiento con conocimiento significativo – del acto de vivir, consciente e inconsciente, incluso la gnosis que escapa a la conciencia del ego. Las funciones inconscientes manejan, en tiempo real, las actividades corporales y mentales fuera de la conciencia consciente. En otras palabras, el inconsciente realiza actividades físicas que escapan a nuestra conciencia física.

Por lo tanto, es posible y probable que las experiencias cercanas a la muerte no sean más que imágenes que la mente inconsciente trata de enviar a nuestra mente consciente cuando ya no está disponible o presente. Estas experiencias cercanas a la muerte pueden ser un sueño, como los sueños normales que tenemos cuando dormimos y lo recordamos o no cuando regresamos a nuestra conciencia. La mente consciente solicita a las bibliotecas inconscientes datos e información – solicitudes en forma de deseos, anhelos, deseos, necesidad de saber, etcétera – que la mente inconsciente coloca en las células de memoria para que la mente consciente las abra. Esto es lo que sucede cuando tratamos de encontrar una respuesta a una dificultad o un problema, y de repente un flash de memoria viene con la respuesta. A veces, ese destello nos sorprende. Del mismo modo, una inspiración, y situaciones similares.

Los detalles de cada vida están guardados en los bancos de memorias de la mente inconsciente. La mente consciente se alimenta de las células que guardan estos recuerdos. Por tanto, es posible que el otro lado que buscamos con vehemencia sea la mente inconsciente. Porque físicamente, no hay otro lado en el espacio del Universo. Y, si no hay otro lado, es obvio que no hay contenido.

Por lo tanto, si no hay otro lado; cualquier esfuerzo de ir a ese otro lado es un ejercicio inútil, y el "Escape al Otro Lado" no pasa de ser un fuerte deseo, un sueño. Nuestros cuerpos son herramientas de un espíritu extraterrestre que sale de la Energía de la Existencia y vuelve a su lugar de origen cuando nuestros cuerpos terminan su vida útil.

Lo que sigue siendo cierto es que el Universo tiene dos dimensiones, la Realidad y la Irrealidad. De hecho, estos son dos lados, al igual que las mentes inconsciente y consciente. Es sorprendentemente cierto también que nuestra mente consciente interactúa con la Realidad y la mente Inconsciente interactúa con la irrealidad.

Por otro lado, es curioso, que todo el conocimiento de la Existencia exista incluso antes del Universo con todo su contenido. Es debido a este conocimiento que el Universo existe y opera. Entonces, me pregunto, ¿es la mente inconsciente, parte de, o, el Universo de irrealidad? Por otro lado, la Existencia contiene todo, el espacio y el Universo, con todas las leyes, reglas y regulaciones que manejan y controlan el comportamiento del Universo. Estas leyes, reglas y regulaciones son la Voluntad de su Creador. Nada se puede hacer si no cumple con este testamento. En resumen, los humanos, tomando el cuerpo material como una maquina o herramienta, no es terrenal es extraterrestre – no es materia, es espíritu.

EL AUTOR
FIN DEL LIBRO:
ESCAPE AL OTRO LADO.
LA DIMENSION DESPUES DE LA MUERTE.
2022